Apatride

Du même auteur

Fenêtre sur l'abîme
Éditions de la Différence, 2008

Assommons les pauvres
Éditions de l'Olivier, 2011
Points n° P2877
Prix du roman populiste 2011
Prix Valéry Larbaud 2012
Internationaler Literaturpreis 2016

Calcutta
Éditions de l'Olivier, 2014
Grand Prix du roman de la Société des gens de lettres 2014
Prix du rayonnement de la langue et de la littérature
de l'Académie française 2014

SHUMONA SINHA

Apatride

ÉDITIONS DE L'OLIVIER

L'auteur remercie la Literaturhaus de Zürich
pour l'aide apportée.

ISBN 978.2.8236.0998.1

Si nous ne brûlons pas
Comment les ténèbres deviendront-elles clarté ?

Nazim Hikmet

Averse d'argile

Elle arriva ici un matin au début du printemps. Les arbres étaient encore nus. Sauf les saules pleureurs. L'eau qui ruisselait paisiblement sous la grille des caniveaux lui rappelait les jardins japonais. Elle suivit la route déserte, toute droite, puis se courbant vers la gauche, scindant les champs de blé mouillés par la rosée de l'aube. Les petites maisons apparurent, endormies. De très loin elle aperçut la pancarte blanche qui devait porter le nom de la ville. Elle décida d'aller jusque-là. Elle marcha ainsi encore longtemps malgré la fatigue, pourtant ce n'était pas du tout facile de marcher sans jambes, sans pieds, sans rien en dessous de la poitrine.

Elle s'était réveillée quelques heures auparavant. L'obscurité lui avait pénétré les yeux comme de la poussière. Allongée, elle avait levé les bras, qui avaient heurté un plafond. Elle y avait enfoncé ses ongles, et de la terre avait bruiné sur elle. Elle s'était souvenue alors d'une pelle, de plusieurs pelles, d'une lampe torche abandonnée sur l'herbe, de la langue blanche de sa lumière, du bruit plat et régulier de l'averse d'argile sur son corps, des brûlures dans les poumons qui se dilataient désespérément pour aspirer un peu d'oxygène. Elle avait voulu se lever, étirer ses jambes, toucher de ses orteils le tas d'argile devant elle. Mais devant elle c'était une nuit dénuée de forme, de masse, une nuit vide, aride, libre. Elle avait promené ses mains sur son visage, sa gorge, ses épaules, sa poitrine. Elle avait cherché son ventre, mais elle n'en avait plus, ni de jambes, ni d'entrejambe, sous sa poitrine un tas de cendres, sèches, noires, était prêt à s'envoler avec le vent. Terrifiée, elle s'était redressée d'un bond et cognée violemment contre l'amas de terre.

Elle avait revu alors les bâtons aux bouts enveloppés de chiffons qui puaient le kérosène, le feu, elle avait senti leur chaleur, entendu le souffle des flammes. Ils l'avaient violée, étranglée, avaient mis le feu à son corps, ils l'avaient brûlée des pieds jusqu'au ventre, pour anéantir en elle la femme qui avait vécu et aimé. Ils avaient brûlé et enterré le corps au fond de son corps, la vie minuscule suspendue dans l'eau noire de son ventre.

Elle n'aurait su dire combien de temps elle avait laissé la peur la ronger, elle voulait attendre le jour. Et pour aller au bout de la nuit elle devait aller au-delà de cette tombe.

Elle s'était mise à creuser le plafond de terre au-dessus de sa tête. Elle avait décidé de se relever, marcher, traverser la route et monter à la ville.

Au milieu de la nuit, Marie se réveilla en sursaut. Elle avait l'impression que quelqu'un était dans la pièce, qui respirait péniblement, blotti dans l'obscurité. Son réflexe aurait dû être d'allumer la lampe de chevet, pourtant elle ne bougea pas, elle avait peur, mais une terrible tristesse lui fit surmonter l'effroi, elle se redressa sur ses coudes, attendit avec patience, comme s'il fallait que ça se passe ainsi, qu'on lui rende visite, qu'on remue la terre et la tombe, et qu'on se lève, marche, traverse les mers, les océans et les continents et vienne jusqu'à elle.

Marie chuchota : « Pardonne-moi ! Je ne devrais pas être effrayée par toi, Mina ! Je suis contente que tu sois là ! »

Le cercle des élus

Dans le métro un violent différend éclata soudain entre deux femmes. L'une avait la peau dorée, des boucles sombres qui entouraient un visage charnu, quelques mèches qui cachaient de grands yeux noisette. L'autre était noire, portait une perruque blond paille ondulant dans son dos, des ongles longs, bleus et orange, sertis de petits strass. La première avait un bras en écharpe, les doigts plâtrés. Lors d'un brusque freinage du train, la seconde avait frôlé sa blessure et voilà qu'elles avaient commencé à crier à tue-tête. De plus en plus véhémentes, elles fulminaient, juraient, s'insultaient, se menaçaient, jusqu'à ce que l'agression verbale prenne une tournure différente. Chacune se vantait d'être une citoyenne plus légitime de ce pays, plus légitime sur le sol français, d'être placée plus haut dans l'échelle sociale avec la conviction féroce d'être en droit d'écraser celle qu'elle jugeait lui être inférieure. L'une grimpa sur un siège, hurla à s'en briser la voix. L'autre y monta aussitôt. Elles se mirent à se battre. À ce moment-là quelques passagers intervinrent. À la station suivante la première descendit, la seconde frappa sur la vitre, lui fit un doigt d'honneur, tandis que le métro entrait dans un tunnel.

Esha avait baissé la tête tout au long de l'incident. Puis son regard avait croisé celui de l'adolescente assise en face d'elle, pétrifiée de peur, le visage aussi pâle que ses yeux. Elle l'avait rassurée en silence, avant d'agripper son sac, sa vie entière était là, dans ce tas de papiers administratifs. D'où venait cette énergie hystérique comme s'il fallait toujours, tel un chien, marquer son territoire ! Personne ne savait quand s'était installé ce terrible système pyramidal entre les hommes et leurs maîtres anciens, entre les serviteurs d'autrefois, venus du nord et du sud du désert, les voyageurs du fleuve bleu et du fleuve blanc, ceux des îles, de l'archipel aux volcans, et les exilés de l'ancien régime rouge qui cherchaient la blancheur des jours simples et libres.

À sa gauche se trouvait une jeune femme qu'elle aurait pu appeler « Mademoiselle Porcelaine ». Quand Esha tourna la tête vers elle, celle-ci évita son regard, fit une grimace, se contracta sur le siège et ferma les yeux.

Esha eut envie d'appeler quelqu'un, n'importe qui, elle fit défiler dans sa tête les hommes, leurs noms et leurs visages, à l'instant d'en choisir un, le point d'exclamation rouge illumina l'icône vert du SMS. Et un corps blanc musclé nu envahit l'écran de son iPhone, un corps sans visage, sans message. En quelques mots elle fixa le rendez-vous pour plus tard dans la soirée. Ce qui lui restait de ces hommes, des fragments d'amour sans discours, un regard, des doigts, un nombril profond et des fesses bombées, une maladresse, une faute d'orthographe, des erreurs grammaticales, des appels masqués, puis la lassitude, l'oubli, les numéros bloqués. Son drap ne retenait aucune odeur, sinon celle du caoutchouc lubrique, triste et désenchanté.

Dans la rame, après le conflit, une solidarité apaisante liait les passagers, ils se souriaient pour se rassurer, échangeaient quelques banalités sur la vie, la ville, la météo. Une femme assise sur un strapontin à côté de la porte, avec son bébé dans les bras, se leva pour offrir sa place à une vieille dame, d'une voix rauque et pleine d'assurance. Puis elle cracha dans sa paume ce qu'elle mâchait et le mit dans la bouche de son enfant, qui commença à le mâchouiller à son tour, une bouchée de pain ou on ne sait quoi, minuscule, salivé, broyé par la mère pour le petit. Elle descendit à la station suivante, s'immisça dans la ruée des touristes se dirigeant vers la gigantesque Tour lumineuse.

Esha descendit là, elle aussi, soulagée de pouvoir laisser derrière elle les stations mal aimées, sales et puantes, de pouvoir s'éloigner du chemin de fer et de diesel qui l'emmenait chaque matin au-delà du mur, au-delà de la ligne rouge, au nord-est de Paris. Là où des types vendaient des cigarettes debout devant le KFC, en faisant un bruit comme pour appeler les moutons, la langue frôlant et appuyant contre les dents et le palais. Là où des vieux coiffés de leur calotte blanche regardaient si les passagères se couvraient les cheveux ou non. Le lycée où elle travaillait depuis septembre était situé ici, près du trottoir cabossé, des murs lépreux et des gens taiseux qui ne dépensaient pas d'énergie en politesses, qui utilisaient leurs jambes pour marcher, leurs coudes pour se frayer un chemin dans la foule et leurs yeux pour scruter, mater, appréhender la vie.

Elle était dans ce perpétuel va-et-vient entre le centre et la périphérie, entre ce qui lui paraissait être un bloc de pierre transparent, inébranlable, impénétrable et tout ce qui était autour, éloigné, fracassé, méconnaissables méandres de vies étrangères.

Esha avait mis des années pour en arriver là, elle avait donné sa vie pour avoir cette vie. Elle continua à marcher avec son sac serré contre la poitrine, comme si elle portait un nourrisson. Certificats, justificatifs, lettres de recommandation, requêtes et explications, photos et photocopies – les années et les pays, les saisons et les cités pour reconstituer son trajet à l'envers, remonter dans le passé, à la source des choses, pour comprendre comment elle avait atterri ici, dresser son portrait, son vécu et son intention, avant que la grande décision lui soit communiquée par la haute hiérarchie administrative, avant qu'on lui accorde qu'elle ferait une citoyenne digne de la France. Esha eut un frisson dans le dos. Monterait-elle, elle aussi, sur un siège du métro, un jour, pour revendiquer sa légitimité ? Porterait-elle un tatouage en chiffres et en lettres, un symbole sur le bras, sur la nuque, pour revendiquer son appartenance, sa fidélité, son dévouement ?

À gauche étaient la Tour, la foule, le vent frais et mouillé, à droite se dressaient les murailles du cimetière. De l'autre côté de la place, de l'autre côté des cafés bondés de touristes, l'avenue démarrait, ouvrant sur la géométrie apaisée d'une autre vie.

Elle vivait au fond de l'avenue, ponctuée de stations-service, d'agences de location de voitures et de bouis-bouis chinois, avec ceux aux origines étrangères diverses et variées, accrochés à cette extrémité comme à la queue d'un serpent lent et las, dont la vie se déroulerait plus haut et qui menacerait de se secouer soudain pour se débarrasser de cette populace, comme d'autant de croûtons embarrassants. Vivre là, c'était leur dernière chance, à tous ces gens, pour exister coûte que coûte à portée de la richesse.

Ceux qui venaient travailler ici, réparer, livrer, souper dans des restaurants avec vue sur la Tour, jaugeaient les résidents, savaient distinguer les authentiques habitants des amateurs. On les reconnaissait de loin, les vrais, avec leur chapeau et leur masse de fourrure, leurs vieux bijoux en or sertis de pierres précieuses, leur regard baissé et leur main sur la poitrine, leurs pas calmes et leur parfum évoquant un espace confiné, tapissé, marbré.

Les ouvriers et les dépanneurs, les provinciaux attablés aux cafés ne s'y trompaient pas. Ils repéraient de loin, dans ce paysage, les imposteurs, les intrus, les moutons noirs, une poignée de gens d'une classe moyennement légitime pour vivre près de la Tour. Ils la repéraient, elle, une femme qui circulait seule, sans maître, pas racée, un soleil incendiaire sous la peau pour seul héritage. La ville était au fond un énorme village, un faubourg où les gens passaient leur temps à observer, juger, approuver ou désapprouver les autres. Une ville-mouche aux multiples yeux avides. Ces hommes l'interpellaient, la dévisageaient et faisaient des commentaires sur son passage, la suivaient d'une avenue à une rue ; les femmes qui promenaient les chiens et les bébés de leurs employeurs, elles aussi la dévisageaient, s'offusquaient et marmonnaient. Tous lui rappelaient d'où elle venait, d'où ils venaient, mus sans doute par un sens de la fraternité tordue, se liant à elle par un souvenir de misère, d'infortune et d'origine triste.

Il fallait qu'elle porte une carapace, un masque, des écouteurs et qu'elle regarde le ciel rose, orange, pourpre velouté, au bout de la rue, entre les façades haussmanniennes au dôme émeraude. Il fallait qu'elle sorte de chez elle chaque jour comme un vaillant soldat, bouche cousue au fil noir, se hâtant de parcourir l'espace public pour rallier un point A à un point B, un lieu privé à un autre, sans s'attirer d'ennuis, sans être vitriolée par les mots.

Le QG

Lorsque le secrétaire général du parti communiste qui était aussi le député local voulut la voir, Mina ne sut pas tout de suite si c'était bon signe, si elle devait s'alarmer ou plutôt se féliciter d'une telle attention. Depuis qu'il arpentait en vue de son deuxième mandat cette zone du Bengale occidental, le député avait fait du projet d'usine automobile son cheval de bataille.

Elle en discuta avec ses parents. Sa mère montra sa désapprobation en remuant énergiquement une cuillère dans la soupe de lentilles, produisant un bruit de métal étouffé par les bulles et la vapeur. Son père eut l'air ahuri. Ça faisait un moment qu'il avait cessé de comprendre le monde qui l'entourait. Lui qui vivait au rythme de ses récoltes tenait les jours et les mois et les années comme une poignée de glaise, malaxée, mélangée, comme une botte d'épinards, une tige de choux, un bouquet de chaumes. Les saisons le traversaient, leurs nuances de bleu, douces au printemps, blanchâtres en été, prenaient des teintes grises, noires, véhémentes, tombaient en averse sur lui, sur son toit, son étang débordait et noyait sa modeste cour où il attrapait de petits poissons maladroits. Il n'aimait pas l'odeur du poisson dans ses mains rugueuses, il attendait impatiemment de retourner aux champs pour se pencher au-dessus des plants, nettoyer leurs jeunes racines, arracher les mauvaises herbes, tout en se secouant de temps en temps pour se débarrasser des sangsues accrochées à ses pieds plongés dans l'eau.

Face aux interrogations de sa fille il resta muet, fixant le toit de sa hutte fait de chaume et de bambous. Devant la porte une cour chauve, ondulée, poussiéreuse s'élargissait et rejoignait celle des voisins, puis elle se rétrécissait jusqu'à devenir droite, accidentée, traversant le village en guise de route. De vastes rizières gorgées d'eau, d'où montait un vent frais et humide toute l'année, entouraient une poignée de maisons. Le vent s'abattait sur les collines verdoyantes, de plus en plus bleuâtres, brumeuses, à l'approche de l'horizon, au-delà duquel s'étalait Calcutta, loin, quelque part dans le brouillard, dont les rumeurs ne parvenaient ici que trop rarement.

Pour autant qu'il s'en souvînt, son père et le père de son père avaient vécu ici, auprès des arbres, auprès des rizières. Le temps était étendu, jusqu'il y a peu. Il avait suivi les pas tracés par les hommes de la famille et n'avait jamais pensé que ce rythme paisible de jours de travail et de nuits de repos pût s'interrompre. Mais les politiques avaient entrepris d'opérer un grand remue-ménage, ils avaient décidé de redessiner le paysage, de transformer la campagne, Tajpur et ses alentours, en une arrière-cour de la ville. Ils n'avaient pas jugé nécessaire d'aviser les paysans de la vente de leurs champs aux industriels multinationaux pour qu'ils y implantent une usine automobile, puisque ni le père de Mina ni les autres n'en étaient les propriétaires. Ils n'étaient que de simples agriculteurs qui louaient ces terres pour la moisson et gagnaient maigrement leur vie, leurs désirs et leurs voix pesaient moins lourd que les oiseaux migrateurs qui volaient les récoltes, ils avaient les pieds dans l'eau et dans la boue, le corps entier courbé vers la racine des plants, mais cette terre qu'ils malaxaient et connaissaient mieux que le corps de leur femme ne leur appartenait pas. Désormais on tentait de les arracher eux-mêmes comme des mauvaises herbes, d'aplatir le sol, de sucer l'eau afin de tout bétonner et d'installer une fête foraine de carrosseries qui s'étancheraient à la fontaine du pétrole.

Mina appela son frère sur son portable, qui ne répondit pas. Elle écouta jusqu'à la dernière note la chanson du film avant de laisser un message. Elle pensa à Sam, mais n'eut pas le courage de lui téléphoner : depuis quelques semaines, depuis leur dernier tête-à-tête, il l'évitait. Elle sortit discuter avec leurs voisins, des paysans, amis de son père. Lorsque dans la nuit le secrétaire du député la joignit pour lui indiquer l'heure du rendez-vous, elle bredouilla quelques mots sans même se rendre compte qu'elle le remerciait de lui accorder cet entretien.

Mina alla donc le voir, le lendemain soir, au bureau du parti. L'immeuble à deux étages s'imposait par sa couleur rouge, sa forme carrée et sa grande porte d'entrée en fer forgé. Les fast-foods, les magasins de téléphones portables et les cybercafés qui l'entouraient ressemblaient aux étables et aux garages d'une demeure féodale.

Elle monta les marches et croisa dans le large couloir du premier étage un homme qui maniait une bouilloire en étain. Elle se présenta à lui tandis qu'il préparait le thé sur une table maculée de taches d'encre, aux tiroirs remplis de vieux journaux. Le député donnait une interview à une chaîne de télé, alors l'homme du couloir lui demanda de patienter dans la salle de réunion. De grands portraits de Marx, Engels, Lénine, Staline et des leaders communistes indiens ornaient les murs. Du plafond pendait un ventilateur ocre à quatre pales, sale, couvert de toiles d'araignée. Deux longues tables formaient un angle. Elle prit place sur une des nombreuses chaises qui les entouraient. L'homme du couloir revint et lui offrit du thé.

Mina attendit. Les journaux posés sur les tables ne l'intéressaient pas. Elle n'avait jamais pu suivre les lignes des mots, dès qu'elle y posait le regard, ils envahissaient les pages comme des fourmis sauvages. Au bout d'une vingtaine de minutes un jeune militant vint la chercher pour la conduire au bureau du député.

L'équipe de télé était partie. Le député portait un foulard en laine rouge qui cachait son menton, laissant apercevoir ses lèvres charnues et sa moustache épaisse. Ses cheveux grisonnants étaient divisés par une raie sur le côté, une grande mèche d'écolier bien plaquée lui couvrait le front. Il toucha la monture noire de ses lunettes, les haussa, les ajusta et les réajusta.

Le jeune militant s'installa près de la porte sur une chaise et garda les mains croisées sur ses cuisses. Une télévision était accrochée au mur en face du député, où passait le journal du soir, avec trois bandes d'informations défilant sur trois sujets différents.

« Apporte du thé pour mademoiselle ! cria le député.

– Non, non, j'en ai déjà pris, merci. »

Il la regarda, étonné, comme s'il n'attendait pas de commentaire de sa part.

L'homme du couloir revint avec trois thés sur une assiette en inox, une tasse et deux gobelets.

« Vous n'avez pas de tasse ? »

La voix du député résonna dans la pièce. Quelqu'un épiait à travers la porte, qui s'éclipsa aussitôt.

« Ce n'est pas grave ! Je peux bien boire dans un gobelet.

– Je t'ai demandé si c'était grave ou non ? »

Cette fois le député n'avait pas l'air étonné, il semblait même satisfait d'avoir souligné l'insolence de la jeune femme qui osait réagir sur la qualité des ustensiles du parti.

Mina esquissa un sourire embarrassé. Fit un nœud avec les bouts de son étole, le dénoua.

« Tu as grandi, dis donc, tu as bien grandi ! » Le député prononça ces mots gentiment, puis interpella le jeune militant : « N'est-ce pas qu'elle a bien grandi ?

– Oui, sir ! murmura celui-ci en évitant le regard du député.

– Je t'ai connue toute petite. » Il montra de sa main la taille de la fillette qu'elle était alors, pas plus haute que le tabouret. « Ton père est un brave type, je le connais, n'est-ce pas que je connais son père ? Mais que fais-tu avec ces frondeurs ? C'est quoi, ce bazar ? Pourquoi te mêles-tu de tout ça ?

– Monsieur, merci de m'accorder l'occasion de vous expliquer…

– Tu n'as rien à m'expliquer ! Ta place n'est pas là. Tu

vas arrêter ces folies. Occupe-toi de ta famille. Nous allons attribuer à tous les paysans de nouveaux lopins de terre. Ça prendra du temps, mais ça se fera. Il faut en finir avec les embrouilles maintenant, ne pas mettre de bâtons dans les roues. Fais ce que je te demande. Point final. »

Le député la sermonna encore un moment, sa voix haute et grave, monotonement autoritaire.

Puis il la congédia. « Tu as grandi. Tu es une femme à présent. Hein, n'est-ce pas qu'elle est devenue une femme ? »

Le jeune militant leva ses yeux sur elle cette fois, sourit largement et hocha la tête.

Au pied de la colline

En revenant du lycée à la tombée du soir, Esha se précipita dans son lit. La faim lui trouait le ventre, mais elle n'eut pas le courage de se relever ni de réchauffer un plat cuisiné. Elle attrapa l'oreiller, le coinça sous son ventre, essaya de dormir et d'oublier sa journée.

Depuis la rentrée, des conflits éclataient tous les jours avec ses élèves. De loin, quand elle apercevait le portail, elle se préparait à mettre les pieds dans un terrain miné.

Les ruelles près de l'école puaient l'herbe et le haschich. Les surveillants et les élèves fumaient des cigarettes ensemble, dans la cour, devant la loge. La porte battante du couloir s'ouvrait brutalement, au risque de casser le nez de celui qui se trouvait derrière, les élèves entraient et sortaient en hordes, se bousculaient, riaient et gueulaient, habités par une incroyable force physique, leurs pas et leurs cris résonnaient dans le bâtiment entier. Des exposés faits par les élèves couvraient les murs. Celui sur la femme devenue célèbre grâce aux photos de son énorme postérieur diffusées sur les réseaux sociaux, ainsi que celui sur la jeune femme de l'émission de téléréalité, médiatisée grâce à sa phrase culte imitant une conversation téléphonique, qui avait été par la suite mise en examen, accusée d'avoir poignardé son copain, avaient attiré son regard. Les serrures de plusieurs portes étaient bouchées par des éclats de métaux récupérés dans l'atelier. Depuis la rentrée certains élèves s'amusaient à ce jeu, ils bloquaient les portes et criaient : « À bas l'école ! » Ils avaient volé les clés de plusieurs salles, puis les ordinateurs et les vidéoprojecteurs.

Au bout de quelques jours ici elle souffrait d'insomnies, comme durant toutes ses précédentes affectations, les mêmes nuits recommençaient, blanches et rêches comme de la craie. Elle allait au lycée, le ventre noué par l'appréhension, chaque jour tout était à reprendre à zéro, elle devait inventer de nouvelles ruses pour leur enseigner la langue étrangère, regagner leur attention, détourner les questions qui portaient plus sur sa vie que sur la matière à étudier, très vite ils ne voulaient rien savoir du tout, deux ou trois élèves au premier rang se faisaient tout petits, hués par les autres en raison de leur sérieux, les filles confondaient le mascara et le stylo dans leur trousse, les garçons venaient sans cartable, casquette sur la tête et écouteurs aux oreilles. Le jour où Esha avait réussi à les convaincre de venir au lycée avec un cahier et un stylo, elle s'était félicitée d'avoir remporté une première victoire. Il fallait rester vigilant pour qu'ils ne se lancent pas de boules de papier ni de stylos cassés, qu'ils ne donnent pas de coups de poing à la table ni de coups de pied à leurs camarades, ne balancent pas leur chaise, ne poussent pas de cris, ne s'insultent pas, ne se lèvent pas d'un coup et commencent à marcher dans la salle, ne hurlent pas « Casse-toi pauvre con ! » et n'éclatent pas de rire à tout instant, pour qu'ils ne l'interrompent pas lorsqu'elle parlait, ne lui demandent pas en gueulant pourquoi elle écrivait au tableau ce qu'elle écrivait, ne lui fassent pas remarquer qu'elle avait un accent, qu'elle devrait rentrer chez elle, qu'ils étaient chez eux puisque cela faisait des années que leurs parents étaient ici.

Cette fois-là, l'ambiance s'était dégradée dès sa première heure de cours avec une classe d'une dizaine d'élèves. Ces garçons revenaient de trois semaines de stage de mécanique. Ils ne savaient pas qu'il fallait apporter du matériel scolaire pour le cours de langue, ils frottaient leurs mains vides et rugueuses, faisaient craquer leurs doigts, se grattaient la tête et soupiraient lourdement. Le tableau blanc s'étendait devant leur regard ébahi comme le néon d'un bloc opératoire, il les hypnotisait et les endormait, les lettres et les mots ne prenaient pas de forme, ils ne comprenaient pas ces signes qui demeuraient allongés, insondables, inertes.

Esha était désemparée. Comment leur apprendre à apprendre ?

Au moment où elle s'apprêtait à enclencher une bande-son de conversation, elle découvrit que le garçon qui s'était mis au fond de la salle, à l'écart de tous, la tête posée sur ses bras croisés, dormait désormais.

« Réveille-toi ! Tu ne peux pas dormir pendant le cours ! » s'exclama-t-elle.

Il ne lui répondit pas, ne bougea pas non plus, avec un geste de la main il demanda à Esha de lui ficher la paix. Esha insista, lui rappela les règles à respecter en classe, l'adolescent devint alors tout rouge. On aurait dit que les gros boutons transparents couvrant son visage étaient prêts à éclater. Il bondit de sa chaise et cria : « Ne me donne pas d'ordre ! Je suis pas ton chien. »

Esha tenta de lui expliquer qu'il ne s'agissait pas de maîtres et de chiens, mais de maîtres et d'élèves, que c'étaient bien là les principes de l'école, ce qui déchaîna le garçon.

« Mets une burqa, va ! Walla, t'es pas bien toi ! T'as avalé de travers ou quoi ? » Il sollicita ses camarades du regard, éclata de rire. Les garçons rigolèrent un bon coup, froissèrent les feuilles blanches qu'Esha leur avait distribuées, en firent des boules qu'ils lancèrent dans la salle.

Esha décrocha le téléphone sur le mur et fit plusieurs numéros avant de trouver un surveillant. Un homme entra dans la salle, grand et costaud comme un soldat. De ses yeux sereins et mi-clos, il observa les élèves en délire, demanda à Esha ce qu'elle voulait. Elle lui fit part de l'incident et le surveillant se tourna vers l'élève en question, qui, à son tour, jura sur la tête de sa mère qu'il n'avait rien fait et que tous les frères pourraient en témoigner.

Jugeant qu'il n'y avait là rien de méchant, qu'ils étaient comme ça et qu'il ne fallait pas les bousculer, le surveillant partit en fermant révérencieusement la porte. Rien n'apaisa Esha. Ni le rapport qu'elle rédigea ensuite à l'attention du CPE et de la direction, ni le mail collectif qu'elle envoya à ses collègues.

Crispée d'angoisse, elle commença sa deuxième heure de cours avec une classe de jeunes filles qui se préparaient aux métiers de la mode.

Dès le début de l'année scolaire, elle avait gagné la confiance d'une partie d'entre elles, celles qui abordaient le sujet de la condition féminine, portaient des tee-shirts à message, étaient fières de leurs tatouages et piercings, bouquinaient pendant les pauses. Les autres suivaient la mode à la nuance près, ou plutôt, à vrai dire, elles la saisissaient, la broyaient de leurs mains fortes pour en garder des lambeaux de tissus, de métal, de couleurs et de coupes. Leurs corps massifs moulés dans des leggings, leurs perruques, extensions, tresses, faux cils, faux ongles et rouges à lèvres les rendaient férocement belles et inquiétantes. Ces guerrières ne souriaient jamais, débattaient facilement avec Esha, la dévisageaient et marmonnaient des commentaires à faire glousser leurs camarades tout au long du cours.

Cet après-midi-là Esha avait cru bon de consacrer son cours à Simone de Beauvoir. À peine leur avait-elle distribué sa biographie qu'une des filles jeta en arrière ses tresses bleues et noires et dit à voix haute : « Mais c'est chelou ça !

– Comment ça, chelou ? »

Esha était surprise. Elle qui pensait pouvoir réconcilier les deux groupes distincts de sa classe autour d'un sujet qui les intéresse, s'alarma.

« Ce n'est pas correct, madame, de lire ça.

– Oui, elle est… vous voyez… elle aimait les femmes, elle était homo !

– Elle aimait les hommes et elle aimait aussi les femmes.

– Oh, c'est une pute ! »

En un rien de temps les filles s'enflammèrent. « C'est haram ! C'est péché ! Ces gens-là le font par-derrière. On ne vient pas à l'école pour ça. » « C'est un péché, madame, c'est écrit dans la Bible ! » Celles qui portaient des extensions belles et volumineuses et celles qui cachaient leur chevelure sous un joli foulard bleu ou gris se mirent à hurler, à rire et à faire taire trois quatre filles qui se trouvaient de l'autre côté de la salle et suivaient la scène, effarées. Esha ne dit rien, les observa tout en réfléchissant. Puis elle commença à noter leurs mots au tableau sur deux colonnes. Les filles s'arrêtèrent brusquement de crier. « Eh, pourquoi vous écrivez ça ? »

Esha les rassura, elle ne souhaitait que noter leurs avis sur ce sujet, avant d'en discuter. Les colonnes des mots devinrent de plus en plus inégales, la ligne d'injures couvrit le tableau, les filles se turent.

À la fin de la journée, deux de ses collègues, Fadyla et Houria, vinrent lui parler. « Ignore-les ! Ils sont bêtes et méchants. »

« Mais tu ne peux pas te braquer comme ça. Il faut les comprendre, s'adapter à eux… »

Jean était professeur de musique. Il rehaussa ses lunettes bleues, assorties à son foulard en coton bio soigneusement froissé, et se joignit à elles. Un petit sourire imperceptible illumina le visage de Fadyla, on aurait dit une jeune fille malicieuse. Elle fit un signe de tête à Esha, puis quitta la pièce avec Houria. Jean arpentait la salle des professeurs, jetant des regards furtifs sur Esha, mais elle n'avait plus envie de prolonger avec lui une discussion qu'elle savait n'être qu'un cul-de-sac.

En frottant son visage contre le drap, Esha essaya d'effacer la journée, les injures, les hurlements, les ricanements. Elle se souvint de son adolescence, c'était un lycée pour filles, dans un quartier modeste de Calcutta, ses camarades et elle commentaient le parcours et l'œuvre de la philosophe féministe, rêvaient de découvrir la ville où se mêlaient des peuples divers, des artistes et des intellectuels, de connaître l'amour libre, de rencontrer l'homme de leur vie, qui serait aussi un homme du monde, de l'époque, de l'avenir. Elle se souvint de la pelouse où elles restaient assises longtemps après les cours, le soir tombait lentement derrière les murs, devant sa loge le gardien népalais et sa femme préparaient le dîner en plein air sur un four en brique, un coq et ses poules couraient à côté. Quand elles se relevaient, Esha et ses copines avaient leurs tuniques blanches tachetées de vert, l'odeur du pain fraîchement cuit les faisait saliver, parfois elles en acceptaient un morceau, ainsi que des légumes offerts par l'épouse du gardien, parfois elles couraient vers le carrefour en serrant leur cartable contre leur poitrine, anticipant la raclée qui les attendait à la maison.

Son corps de glaise

« Ma mère t'aime bien, ma sœur aussi disait du bien de toi l'autre jour… Enfin… je ne sais pas… peut-être que, si ton père est d'accord, je veux dire, si mon père est d'accord, c'est possible… on arrivera peut-être… »

Sam balbutiait. Sa bouche sèche engloutit ses derniers mots. Debout face à Mina, il gardait la tête baissée, creusant l'intérieur de ses chaussures avec ses orteils.

Ils s'étaient donné rendez-vous sur un petit terrain vague, derrière les échoppes du marché, dont le sol, là où jouaient les enfants, était scarifié par les trous de billes, et qui était entouré de bananiers le cachant au regard des passants. L'après-midi était immobile, les commerçants étaient rentrés chez eux faire une sieste. Une balançoire fabriquée avec des cordes et une planche de bois était accrochée à un manguier dont le tronc portait des cicatrices blanches et fraîches.

S'il l'avait regardée, Sam aurait vu les yeux de Mina

remplis de larmes sales devenir soudain transparents de lumière et de vie. Elle était frappée par le bonheur. Elle ne s'y attendait pas et hésitait encore à esquisser un sourire. Les mots de Sam étaient suspendus dans l'air et Mina y avait trouvé un signe d'espoir, une maigre ficelle pour s'accrocher, ne pas tomber, ne pas avoir cette sensation de chuter. Elle qui était déjà reconnaissante à Sam d'avoir finalement accepté de la voir commença à croire que ses prières n'étaient pas vaines. Depuis des semaines elle niait les faits, se mentait et mentait à sa mère. De plus en plus distraite, inquiète, elle n'arrivait plus à déployer d'énergie pour la mobilisation contre le projet automobile. Les paysans de Tajpur s'en étaient étonnés, croyant que le rendez-vous avec le député l'avait intimidée et effrayée. Puis ils avaient pensé que c'était dans l'ordre des choses, qu'une femme ne pouvait pas tenir le drapeau bien longtemps, parce qu'il pesait trop lourd.

Le député lui avait donné, bien gentiment, certes, un premier avertissement. Pendant quelques jours Mina s'était dit que c'était peut-être mieux ainsi. Qui était-elle pour diriger la rébellion de Tajpur ? N'était-il pas devenu plus urgent qu'elle s'occupe d'elle et de son état, qu'elle appelle Sam, qu'elle lui demande de trouver une solution ? Elle était comme les jeunes femmes du village qui allaient aux champs, remuaient la serpe au pied des plants, battaient les bottes de paddy doré sur la planche de bois pour détacher le grain de sa pellicule, qui se baignaient dans le Grand Étang en s'enveloppant dans un sari qui leur collait à la peau, soulignait leurs seins lourds et leurs larges hanches, où elles s'attrapaient par la taille et plongeaient dans l'eau en apnée. Jusqu'à ce que leurs familles les somment de se préparer au mariage.

Mina se mordit les lèvres. Elle n'aurait pas dû écouter Marie. Celle-ci disait qu'elle était venue de France pour chercher ses parents biologiques, mais en fait, elle passait son temps ici, à Tajpur, avec Mina et d'autres filles et des paysans, tous des inconnus, à discuter et à leur fourrer des idées dans la tête, à les remonter contre le gouvernement. Mina sursauta : et si ce n'était qu'un mensonge ? Un complot ? Si cette fille si étrange n'était venue ici que pour dresser les gens les uns contre les autres, pour semer la pagaille dans la campagne ? Elle n'était pas restée à Calcutta, près de la Mission qui gérait l'orphelinat. Le premier jour, dans l'échoppe de thé, Mina s'en souvenait, elle frappait la table, maudissait la mère supérieure de la Mission, morte depuis des années, et avait déclaré la guerre aux arnaqueurs qui achetaient des bébés à des parents miséreux pour les vendre cher à des familles en Europe. Les gens autour les regardaient, étonnés, amusés. Marie ressemblait à Mina et à ses copines du village, sa peau couleur d'argile, son corps généreux aux épaules et hanches larges, son beau visage discret. Personne ne pouvait croire qu'elle avait un nom étranger, un nom de Blancs, de riches. Elle portait le nom de ses parents adoptifs.

Ce jour-là, Mina était allée à la ville à la recherche de Sam. Depuis le mois dernier elle soupçonnait quelque chose, comme si avant même que son corps ne réagisse, son instinct anticipait cet enfant. Puis sa crainte avait pris forme et commencé à respirer au fond d'elle. Au début, elle avait eu envie de l'arracher de son ventre par un coup de serpe.

Elle n'avait pas retrouvé Sam. Alors qu'elle se désespérait devant l'épicerie de la Grande Gare de Calcutta où il était censé travailler, Marie l'avait abordée. Elle parlait mal la langue, ce qui avait beaucoup déstabilisé Mina. Mais elle était épuisée, paniquée surtout à l'idée de ne pas voir Sam et de ne pas savoir où passer la nuit, d'échouer seule sur le trottoir, puisque le dernier train pour Tajpur était parti depuis plus d'une heure. Finalement avec cette Marie au corps de glaise, Mina s'était installée dans l'échoppe de thé. En suppliant le marchand et sa femme, elles avaient obtenu l'autorisation de s'installer dans leur cuisine, le four en brique encore rouge leur tenait chaud. En écoutant l'histoire de Marie, Mina lui avait proposé de venir au village, de lui procurer un abri le temps qu'il faudrait. À son tour, Marie lui avait conseillé de ne pas baisser les bras, de continuer à chercher Sam et de lui parler. De ne pas le supplier, ni pleurer devant lui, de juste lui rappeler que si nécessaire Mina parlerait aux parents de Sam. « Ne te laisse pas faire ! Si tu en as besoin, je suis là, je le frapperai de mes deux mains. »

Ce n'est qu'une bagarreuse ! Elle est venue ici pour chercher la querelle, avait pensé Mina.

Maintenant que Sam acceptait de lui donner une chance, Mina décida de ne plus suivre les conseils de Marie, ni en bataille ni en amour. Elle était épuisée de se bagarrer, de crier et de réclamer. Elle avait envie de plier drapeaux et banderoles, de se blottir contre Sam, comme autrefois, quand ils étaient enfants, nus, ensemble sous le drap.

La vodka-litchi

Pourtant ce n'était pas ainsi au début. Ce qui lui revenait sans cesse à l'esprit, c'étaient les après-midi, la Seine qui n'était pas grise mais verte, transparente de lumière et de soleil, les ponts, les parapets de pierre, le réchauffement lent de la pierre, les rambardes aux grilles couvertes de cadenas accrochés par les amoureux, que plus tard elle retrouverait comme motif sur le manteau d'une créatrice rêveuse. C'était tout de même curieux d'associer l'amour à l'emprisonnement, pensait-elle.

Esha eut envie d'en parler à l'homme qui lui avait donné rendez-vous pour étudier sa demande de naturalisation. La première fois il l'avait reçue dans une pièce au béton revêche dans le sous-sol du ministère, les murs aspiraient chacun de leurs mots, la moquette dégageait une odeur de chaussettes et de sueur, mais ce jour-là ils se rencontraient au Four Seasons. D'immenses bouquets de fleurs étaient posés aux quatre coins du hall, du sol marbré montait le cliquetis des talons aiguilles des femmes qui le traversaient, accompagnées d'hommes et de sacs de shopping, les fauteuils et les canapés pataugeaient dans la lumière tamisée du bar, les corps s'inclinaient avec l'heure et l'alcool, les mollets blancs des serveuses frôlaient l'obscurité croissante, disparaissaient derrière le rideau rouge, réapparaissaient.

Il lui offrit une vodka-litchi. Il était aussi pâle que le cocktail, avec son sourire blond. Transpirant dans sa veste noire et avec les mains posées sur sa serviette sombre, il ressemblait plus à un agent d'assurances qu'à un haut fonctionnaire. Il utilisait un faux nom, n'était jamais joignable sur son numéro de téléphone portable, Esha tombait invariablement dans un trou de silence. Mais il revenait toujours vers elle, la rappelait.

Au bar du Four Seasons il se donna un mal fou pour paraître courtois, lisse et discret. Les papiers, photos, photocopies, lettres et certificats ne l'intéressaient pas, il savait que l'essentiel n'était pas là, que les choses se passaient dans les alcôves, sous la table, entre les lignes.

« Monsieur Richard…

– Appelez-moi Christophe. » L'homme se faisait appeler Christophe Richard, il lui avait même laissé une carte de visite à ce nom. Puis il ajouta : « Ça vous plaît, votre métier de prof ? Ce n'est pas trop dur ?

– J'aime enseigner. Je pense vraiment que c'est un métier noble », dit Esha énergiquement redoutant que le moindre signe de faiblesse ne joue contre elle, contre son dossier. Elle était persuadée qu'elle devait montrer une volonté de fer et d'acier, prouver qu'elle était heureuse, et déterminée à l'être, qu'elle disposait de moyens suffisants, et n'avait aucune hésitation dans ses intentions. Car si elle ne réussissait pas sa vie, on n'aurait pas besoin d'elle ici. Il lui fallait apparaître partout et à tout moment triomphante, comme si elle avait gagné un prix, une médaille, un trophée, elle ne devait pas dévoiler ses doutes ni ses angoisses, parce que au moindre signe de fragilité elle serait écrasée et rejetée.

Esha n'osa pas confier son quotidien à cet homme. Le lycée et la banlieue semblaient si loin de ce décor feutré. Elle but le cocktail qui rafraîchit sa bouche, puis brûla sa gorge. Elle regarda discrètement Christophe Richard, lui sourit, décida de lui conter ses premières années dans ce pays, ses mille et une nuits. Elle lui décrivit comment, sortant de son campus, elle rôdait, tournait en rond autour de la fontaine Saint-Michel, montait et descendait le boulevard, faisait le tour du jardin du Luxembourg en s'attardant devant les photos exposées sur les grilles, feuilletait les livres neufs et anciens, regardait les programmes des petites salles de cinéma où, dans l'obscurité, les fauteuils surgissaient comme des tulipes rouges, buvait du café, léchait la cuillère de crème fouettée et sympathisait avec les serveurs, vendeurs, guichetières, libraires, mendiants et étudiants étrangers. Elle lui décrivit cette ville qu'elle aimait tant, ses passages aux pavés effondrés, ses galeries qui s'ouvrent sur une arrière-cour arborée, son sol ondulé, ses buttes et ses marches, ses interminables rues et ruelles qui forment régulièrement des petites places, comme les pirouettes d'une danseuse, et d'où monte parfois des odeurs de fromages et de légumes, de poissons et de fruits de mer, et la clameur du marché lui rappelait le bourdonnement des mouches de son pays, moite et poisseux.

Richard la contempla. « J'adore vous écouter ! Vous aimez tant notre pays !

– On m'a appris à l'aimer, à aimer la vie, la bonne chère et le bon vin de votre pays. »

Christophe Richard éclata de rire.

Esha soupira, soulagée, but son cocktail. Puis elle parla des séminaires de son professeur qui transformait l'amphithéâtre en un temple de l'Antiquité où les philosophes discouraient du monde, du café d'où elle observait les joggeurs, les amoureux et les touristes de passage. Elle parla aussi de ses camarades qui travaillaient sur leur thèse et préparaient les concours.

« Et vous, vous ne pouvez pas passer les concours, évidemment ! Vous allez les tenter quand vous aurez acquis la nationalité française ?

– Donc vous pensez que je vais l'acquérir ? »

Il ne lui répondit pas, détourna le regard et fixa le bar.

Esha se sentait fatiguée. Le cocktail l'avait amollie. Elle posa la tête contre le dossier du fauteuil.

« Vous êtes si motivée, vous avez tellement de choses à transmettre… Vous n'avez jamais eu envie de faire de la politique ?

– Eh bien si, peut-être… dans mon pays…

– Une femme comme vous, avec votre parcours, votre intelligence, votre énergie… Vous n'avez jamais eu envie de les utiliser pour défendre une cause politique, idéologique ? »

Malgré ses efforts il n'arrivait plus à garder son calme, son impatience devenait trop évidente.

« Si j'étais militante, si j'étais engagée en politique, je vous l'aurais dit. » Esha n'aimait pas cette brusque tournure qu'avait prise la discussion. Elle eut un peu honte, sa voix s'affaiblit, elle aurait aimé parler de ses convictions politiques, au moins de celles de ses amis qu'elle avait laissés dans son pays natal, de Calcutta où, après les manifestations, des sandales, des coques de cacahouètes, des pancartes jonchaient le vaste champ de Maïdan sous le soleil brûlant, où les bus couverts de drapeaux rouges et de banderoles ramenaient les militants à leur point de départ, université, usine, quartiers divers de la ville ou villages des environs plus ou moins proches, Esha et ses camarades restaient assis sur les marches du bus qui gagnait en vitesse, le vent emmêlait leurs cheveux, ils avaient la voix brisée mais continuaient à chanter.

Esha aurait pu raconter tout cela à Christophe Richard, mais elle avait l'impression que ses questions se resserraient sur elle comme un piège, qu'il valait mieux ne pas dévoiler la couleur de sa foi politique, même si celle-ci ternissait de plus en plus avec les années. Esha se sentit soudain seule, et triste de l'être. Elle regrettait ses relations d'autrefois, ses amis et ses camarades, leur clan militant, tout ce qu'elle avait laissé derrière elle, qui la portait et la soutenait, elle pouvait alors se jeter dans le vide sans crainte, assurée d'être rattrapée par le filet étendu d'une idéologie pratiquée et revendiquée au quotidien.

Depuis quelques mois elle avait sympathisé avec Marie sur les réseaux sociaux. Celle-ci lui ressemblait physiquement, mais portait un nom et un prénom d'ici, douces consonnes et voyelles généreuses. Marie Montigny était repartie à Calcutta, à la recherche de ses parents biologiques. Elle avait confié à Esha que depuis quelques années elle faisait régulièrement ce va-et-vient entre la France et l'Inde, qu'elle se sentait de plus en plus de là-bas, même si elle avait grandi à Paris. Esha pensa qu'elle aurait compris ce qu'elle-même vivait en cet instant, dans ce bar luxueux de la Ville lumière, elle aurait pu la conseiller, lui apporter son soutien, elle dégageait une force tranquille, physique et morale. Mais elle n'était pas là et elle n'était pas vraiment son amie.

Esha dévisagea l'homme qui voulait qu'on l'appelle Christophe Richard. Il rougit et baissa les yeux sur son verre, en prit une gorgée. La fraîcheur du cocktail lui redonna des forces.

« Et qu'est-ce que vous pensez du terrorisme ?

– Pardon ? »

Esha était ahurie, elle se sentit soudain nerveuse. Elle ne savait pas quoi répondre, que pouvait-on penser à ce sujet, pouvait-on en penser autre chose que la majorité de la population sur terre ! Elle bredouilla quelques mots : « C'est horrible ! Complètement inacceptable… Tuer des gens, des enfants et des vieux et des femmes… »

Christophe Richard posa son verre très calmement, il paraissait de nouveau plein de confiance, droit dans ses idées.

« Et celui qui avait lancé sa chaussure au Président américain ? » ajouta-t-il sur un ton taquin.

Esha se détendit un peu, rit, haussa les épaules et répondit : « Ben, ce n'est pas une chose à faire, c'est sûr, on peut ne pas être d'accord avec quelqu'un, mais pour autant, on ne peut pas l'agresser physiquement… » Elle voulut continuer, rassurée qu'il ne l'ait pas piégée, que ce n'ait été qu'une simple question de routine, mais il l'arrêta. En la perçant du regard, d'une voix ferme, à peine audible, il lui demanda : « Et ça vous intéresserait de m'aider à lutter contre le terrorisme ? »

Esha retint son souffle. S'agissait-il d'un piège, d'une monnaie d'échange ? Était-ce le prix de sa vie ici, dans ce pays d'Europe ? Elle essaya de réfléchir vite, d'envisager toutes les possibilités, de comprendre si elle devait être excitée à l'idée d'aventures palpitantes, flattée d'avoir été sollicitée pour un tel projet. Elle pensa aussi à l'étudiante française qui avait été accusée d'infiltration et d'espionnage au Moyen-Orient, quelques années auparavant. Elle ne trouva pas de mots et leva les yeux vers Christophe Richard. Mais il ne bougeait pas d'un cil, et de son regard virulemment blond et intimidant, il continuait à la fixer en silence. Figée de la tête aux pieds, Esha sentit la vodka arroser puis mettre en feu les parois de son ventre, qui fondait, se liquéfiait comme un fruit pourri.

La barque lumineuse

La brume légère de l'eau savonneuse, suspendue près du plafond, se dissipait avec le jour qui déclinait. Et lui qui dormait près d'elle. Sur son dos perlaient des gouttes de sueur. L'odeur de lait, du talc pour bébé se mêlait à la vapeur d'eau en un seul nuage planant au-dessus du lit. Ce parfum titillait les papilles et emplissait la bouche de salive. Mina et Sam rêvaient de bonbons et glissaient dans le gros trou du sommeil.

Avant de partir aux champs en fin de matinée rejoindre son père qui y était depuis l'aube, la mère de Mina confiait celle-ci à sa tante, dont la famille aisée possédait l'unique maison en brique du quartier. La mère de Sam douchait, habillait, nourrissait ensemble les deux enfants, les mettait dans le même lit pour la sieste de l'après-midi. Ils dormaient en se blottissant l'un contre l'autre. Mina et Sam étaient isolés, sans même le comprendre, sans avoir conscience de leur solitude.

Avec lui le temps s'était écoulé dans un autre temps. Sans accident, sans rupture. Le temps présent était le prolongement de l'ancien temps. Le quartier entier était écrasé sous la chaleur d'un après-midi brûlant et immobile. Leurs jours d'enfance se reflétaient les uns dans les autres. Et pourtant s'y éveillaient des envies inconnues, comme effleurer le duvet hérissé sur la peau. Celui que Sam avait sur le dos était doré, à peine perceptible. Mina en suivait les lignes du regard. Émergeant au-dessous de la nuque, deux ailes aux rayures presque imaginaires partaient sur ses omoplates. C'est la première peau mâle que Mina eut sous les doigts. Avant même d'en être consciente. La première peau que ses doigts caressèrent. Avant même d'être consciente de ce qu'était une caresse. Mouillés, les cheveux de Sam semblaient plus noirs encore. Ses mèches léchaient sa nuque, son front. Allongé près de Mina, endormi, son corps exhalait une odeur de sueur douce et fraîche. Les volets étaient fermés. Pour rafraîchir la pièce, on avait aspergé les rideaux qui pendaient, lourds. Des gouttelettes ruisselaient et se rejoignaient en une petite flaque d'eau sur le carrelage.

Sam apprit à aimer avec le corps de Mina. Il avait commencé à l'aimer sans le savoir. Il l'aimait puisque son corps restait si près du sien tout au long de la journée. Comme son reflet ou son ombre. Leurs silhouettes se répondaient l'une à l'autre. Il considérait Mina comme une part prolongée de lui-même. Il y avait des jours où il refusait de mettre deux oreillers dans le lit. Il ne comprenait pas le besoin du second. Il posait sa tête sur un bout de l'oreiller et l'invitait à occuper l'autre.

À la tombée du soir, les enfants guettaient la mère de Mina qui venait la chercher, traînant lentement derrière elle sa journée aux champs et ses paniers chargés. Ils couraient à petits pas d'une pièce à l'autre, la suivaient, la regardaient prendre un premier thé avec la grand-mère, un deuxième avec la mère de Sam. Quand ils les voyaient ainsi toutes les deux, engagées dans une vive conversation, assises par terre avec un bol de riz soufflé et des beignets d'aubergine, peu à peu rejointes par les autres tantes attirées par leurs voix, Sam et Mina étaient assurés que cela allait durer encore des heures, qu'il y aurait d'autres tasses de thé, d'autres bols de riz soufflé, et ils retournaient à leurs jeux, heureux. Voir leurs mères heureuses et rieuses les rendait heureux et rieurs à leur tour.

Le temps était pour eux le meilleur cadeau.

Certains soirs, la mère de Mina se montrait pressée. Les pieds couverts de boue, les mains rêches et sales, elle ne voulait pas monter sur la véranda, se laver et boire le thé. Elle voulait enlever Mina de cette maison et la ramener très vite chez elle. Alertés, Sam et Mina posaient leurs jouets. Jusqu'à ce que Sam trouve une ruse. Au moment de se séparer, il lançait une partie de cache-cache. C'était à Mina de se cacher. Il prétendait qu'il ne la retrouvait pas, qu'elle était introuvable. Le temps passait. La mère de Mina, lasse, cédait et acceptait le thé. Parfois les deux mères et toutes les femmes de la maison partaient à la recherche de la fillette. Cela devenait un véritable jeu. Sam était furieux quand elles découvraient Mina, qu'il s'efforçait de cacher dans des endroits de plus en plus insolites, derrière les buissons, une porte, sous le lit, sous l'escalier, derrière le four en brique de la cuisine… Un jour il la cacha dans la citerne en béton au fond de la cour. Asphyxiée, affolée par cette eau qui sentait l'algue, Mina était remontée à la surface.

L'amour de Sam pour elle devenait de plus en plus violent. Un soir, il la poussa, la fit tomber par terre, puis il roula sur elle avec son tricycle au siège bleu. Mina eut l'impression qu'il voulait l'aplatir et la clouer au sol de son territoire.

Sous les draps, l'après-midi, ils grandirent. Mina, à deux pas devant lui. Et Sam la suivant comme un chaton. Bientôt un matou. Un chat de gouttière. Il boudait si elle l'ignorait. Sortait ses griffes. Lui flanquait des coups de patte. D'abord, il s'agissait de jouets et de bonbons. Mina lui cédait tout. Ensuite il exigea le plus gros morceau de poisson. Les beignets et les petits pois. Mina les épluchait plus vite que lui, qui la regardait envieux, pleurnichant. Alors elle les mettait dans sa bouche à lui. Sam fut sa première leçon d'amour et d'affection. Sa présence affirmait la supériorité de Mina, il était impossible qu'elle lui refuse quoi que ce soit. Lui offrir ses seins, l'un après l'autre, le gauche puis le droit, c'était comme lui donner des bonbons, des jouets et des petits pois.

Beaucoup plus tard, quand Sam partit à Calcutta s'occuper avec son grand frère de l'épicerie familiale, et que Mina commença à travailler avec son père aux champs, parmi les feuilles épanouies d'épinards, dans l'eau boueuse de la rizière, parfois le souvenir d'un parfum mêlé de talc, de lait et de sueur la saisissait. Ils avaient abandonné sans savoir quand ni comment les jeux de l'après-midi. Sam avait ses amis, avec lesquels il avait appris à fumer, à mater les femmes du village quand elles prenaient leur bain au Grand Étang, à sécher l'école. Parfois ils se croisaient, en famille et au village, bavardaient un peu. Puis cela devint rare. Ils se perdirent de vue pour de bon. Mais le mal était déjà fait. La lumière était entrée en elle. Mina nageait dans le vide en s'accrochant à une barque lumineuse. Depuis des années, sans se l'avouer, elle flottait dans une lumière blanche. Le parfum de la chambre d'enfants, la douceur des draps et l'unique oreiller, l'après-midi immobile, l'après-midi tombé dans un trou de sommeil, le nuage léger suspendu près du plafond, tout cela formait une vague infinie de lumière, qui revenait l'envelopper, la cajoler, la cacher. Elle ondulait, scintillait, allait vers elle ne savait où, sa voie lactée.

Les années folles

En rangeant le trousseau de clés chez elle, Esha se demanda ce qui s'était passé depuis les premiers automnes, les premiers ponts et passerelles. Les choses avaient changé sans qu'elle s'en aperçoive.

Esha vivait depuis peu ici, de l'autre côté de la place, au bout de l'avenue. Elle aimait l'escalier qui desservait l'entrée de son immeuble, au fond du passage, le perron robuste en ciment, la petite cour et les bacs à fleurs. Parfois, les soirs d'été, le passage large et obscur où elle habitait était envahi par le parfum blanc des plantes grimpantes qui dépassaient des murs de la maison voisine, tandis que le bruit solennel des frappes de balle montait de leur court de tennis.

Cet immeuble aurait pu être situé ailleurs, les fourmilières comme ça, avec des petits appartements d'une ou deux pièces, se trouvaient plutôt dans les autres quartiers de la ville. Sans balcon, ni colonnes, ni moulures en façade, sans fioritures, c'était un brave édifice de six étages, avec des fenêtres moyennes, petites et minuscules, qui laissaient deviner depuis l'extérieur, et successivement, le salon, la cuisine et les toilettes, encadrées de tuyaux sanitaires. Le perron devant l'entrée et les cheminées posées sur le toit comme des mégots rappelaient modestement son vieil âge, tel un concierge qui aurait assisté aux années folles, accroupi sur le seuil de la fête. Les gens entraient et sortaient comme dans un moulin. Les propriétaires qu'on ne voyait jamais louaient aux gens de passage, aux touristes étrangers, aux provinciaux, aux amoureux. Et c'est peut-être pour eux qu'il y avait un tapis rouge sur les marches de l'escalier et une rampe en fer forgé avec une boule dorée. Les murs des appartements étaient si fins qu'on pouvait entendre vibrer le téléphone portable du voisin, le creux des briques faisait résonner comme un tambour à mille ventres le moindre signe de vie. Au milieu de la nuit, Esha était réveillée en sursaut par les bruits qui, à travers le plafond, lui martelaient le cerveau. Dans l'appartement d'au-dessus les touristes vivaient la nuit. Ils marchaient en chaussures, traînaient leurs valises et déplaçaient les meubles, claquaient les portes des placards et s'agitaient dans la pièce avec frénésie. Esha pouvait distinguer leurs différents pas, les nerveux, tels ceux de rats de laboratoire sous cocaïne, les pesants, pareils à ceux de pachydermes de cirque enragés. Les propriétaires avaient aménagé ces logements loués aux touristes à la manière de chambres d'hôtel, avec des serviettes et des savons posés sur le lit, et trouvaient tout à fait légitime de gratter un peu d'argent en ces temps de crise.

De sa cuisine elle contempla la cour de l'immeuble voisin. Dans l'obscurité les arbres s'agitaient sous le vent et la pluie. Quelques rares appartements étaient allumés. Elle aperçut de grands tableaux, des lustres, des bibliothèques. Les larges balcons restaient vides toute l'année. Les volets fermés. Devant l'un des rez-de-jardin, Esha vit deux bols posés par terre à côté de deux chaises longues, en bois et toile blanche. Ils étaient là depuis plusieurs semaines, depuis le début de l'automne, quand il faisait encore un froid sec et ensoleillé. Elle n'avait jamais vu personne là, un homme et une femme qui auraient posé leurs pieds nus sur l'herbe en été, leurs gros chaussons en hiver, qui auraient tenu les bols en céramique bleu et blanc entre leurs paumes pour se réchauffer, auraient soufflé dessus avant d'en boire une gorgée.

Esha mit de l'eau à bouillir dans une casserole. Elle n'eut pas le courage de nettoyer avant la trace blanche asséchée sur le bord et y ajouta sans attendre une poignée de pâtes.

C'était la ville qui l'avait rejetée, ou c'était elle qui

n'était plus là pour qu'elle l'accueille. Après avoir fini ses études et fait quelques va-et-vient entre Paris et Calcutta, elle avait trouvé un poste plus ou moins stable de professeur et un ami plus ou moins fiable avec qui s'installer. Au bout de quelques années, elle s'était retrouvée seule, croyant être plus heureuse ainsi, libre et indépendante, sans compagnon et sans enfant, sans attache pour la freiner au quotidien, espérant que sa connaissance amourachée de la langue française, ses études et son métier d'enseignante suffiraient à se faire une place dans ce pays, définitivement, légitimement.

Elle rencontrait des hommes sur les réseaux sociaux, allait aux rendez-vous sans s'attendre à tomber amoureuse, avec un enthousiasme modéré. Ces hommes venaient la voir, les week-ends où il ne pleuvait pas, où ils ne descendaient pas dans le Sud, ne montaient pas dans le Nord. Aux cafés du quartier, Esha préférait des tête-à-tête chez elle. Ils buvaient du vin, débattaient de sujets politiques, évitaient les points de discorde et commentaient les actualités culturelles. Certains l'interrogeaient sur sa vie antérieure, sur l'Inde, pourquoi et comment était-elle arrivée ici. D'autres ne lui posaient aucune question. La musique remplissait la pièce, leurs visages luisaient à la lumière des lampes posées çà et là. Parfois ils comblaient le silence par des baisers. Parfois ils se livraient à des coulées verbales, tels des commentateurs sportifs. Ils décrivaient leurs ébats au geste près, ils anticipaient, s'encourageaient, donnaient des ordres, s'exclamaient, s'excitaient et s'extasiaient, et par-dessus tout, ils lui demandaient son opinion sur les taille, couleur, odeur, goût, poils, rasage, vitesse, lenteur, dents, lèvres, bouches, doigts, salive, sur tout, et ils exigeaient qu'elle leur dise combien de fois et comment elle aimait faire ce qu'elle faisait, si elle aimait ce qu'ils lui faisaient eux. La joute verbale débordait les gestes. C'était comme regarder un film en audiodescription sans être aveugle.

Les numéros bloqués sur son portable devenaient plus nombreux que les contacts, parfois vindicatifs, ils revenaient à la chasse, la dénonçaient sur les réseaux, croyant qu'ils tenaient là une forme de chantage capitale. Ils étaient probablement scandalisés, avaient honte de porter le fardeau de leur culpabilité postcoït et pleuraient en demandant pardon à leur mère.

Ses amis de l'université à Paris s'étaient mariés, avaient fait des enfants, certains s'étaient séparés et remariés, avaient refait des enfants, leurs familles recomposées ressemblaient à des colonies de vacances, une première compagne blonde, l'amour d'adolescence, puis une délicate Asiatique, l'incarnation du bonheur, mystérieuse et espiègle à la fois. Ils avaient pris l'habitude d'organiser leurs vacances à l'avance, d'assister aux réunions parentales, de suivre des cours de gymnastique et de faire des thalassos, de réussir leurs week-ends, de préparer des tartes aux abricots, de rendre visite aux beaux-parents. Du campus universitaire, ils étaient passés à la formule studio-laverie-du-quartier-allocations, puis s'étaient acheté un joli deux-pièces, trois-pièces, une voiture, certains étaient devenus des cyclistes militants, avaient ouvert un magasin bio, un café-librairie au bord du canal, dans le Marais, c'étaient les années couleur lilas, lavande, fuchsia, au décor baroque futuriste, puis d'autres étaient partis vivre à la campagne, près de chez leurs parents, la ville coûtait trop cher, ils demandaient à Esha son avis sur l'industriel indien qui avait acheté l'usine en France, sur le licenciement des ouvriers pour cause de fusion et de délocalisation, le chef d'État indien n'était pas encore venu ici acheter des Rafale et vendre le yoga, l'ignoble audace de conjuguer l'arme de guerre et l'apaisement de l'âme, mais les temps avaient décidément changé, beaucoup de ses amis s'éloignaient de plus en plus de Paris, s'installaient en banlieue, dans des zones désertiques où ils côtoyaient des vieux n'ayant jamais quitté leur patelin et ayant peur des étrangers qui piquaient les boulots des autres et devenaient riches si injustement.

Esha avait peu à peu perdu de vue la plupart de ses

amis. Ils étaient probablement fatigués de l'inviter à dîner et de devoir se casser la tête pour trouver quelqu'un afin d'équilibrer la table et de ne pas finir en chiffre impair. Certaines de ses copines avaient peur que leurs maris ne soient attirés par elle avec un curieux mélange d'apitoiement et d'admiration, certains de ses copains avaient peur qu'elle ne dévergonde leurs femmes, par goût de l'aventure et une curiosité polissonne, pour occasionnellement échapper aux hommes. Ses amis la soupçonnaient d'être sans scrupule, ils la croyaient amorale. Ils préféraient l'aimer de loin.

Elle mélangea la sauce bolognaise avec les pâtes, se servit un verre de rouge et fixa longuement le château de l'étiquette. Elle se souvint alors d'un nom qui durant toutes ces années l'avait accompagnée comme une rivière souterraine, un nom dont le corps, le visage, les contours avaient commencé à s'effacer. Lui revenaient seulement un parfum, un regard, un fou rire, des mains impatientes, le goût des baisers, l'odeur de l'entrejambe, elle ne se rappelait plus l'intensité du bonheur ni la douleur de la séparation, elle ne se rappelait plus combien elle l'avait aimé, l'histoire était bouclée, comme un quartier de la ville exploré, fouillé, follement adoré, dont on aurait refermé le passage, coupé la passerelle, laissé les herbes pousser de plus en plus haut, avant de s'éloigner. Le nom de Julien apparaissait parfois dans les journaux, sur les sites des radios, dans les vitrines des librairies, pour annoncer la publication de ses livres, tous faisaient l'éloge de ce philosophe prometteur. Esha lisait ces articles, écoutait ces émissions, n'achetait pas ses livres qui l'intimidaient. C'était une autre sphère, où elle ne s'était jamais sentie à l'aise. Lorsqu'elle se promenait avec lui à l'époque, dans Paris, elle entendait les femmes murmurer, « Tu les vois ensemble ? », puis elles s'adressaient à Julien, « Vous avez du feu ? » Esha baissait la tête, détournait le regard. Les femmes en général demandaient du feu aux hommes qui l'accompagnaient dans un café, un bar, un restaurant.

Ce n'était pas le monde extérieur, mais ses années à elle qui l'avaient arrachée à ses errances joyeuses et projetée ailleurs. Le temps s'était écoulé, désormais elle se trouvait dans l'autre moitié du cycle, l'important était de ne pas finir mal, c'est tout.

Elle prit le verre dans sa main et se leva, commença à faire les cent pas. Des milliers de Marilyn Monroe mouraient par peur de mourir mal, se suicidaient avant de vieillir par peur de vieillir. Mais ces Marilyn-là n'avaient pas de décor doré. Elles mouraient dans la misère, jetaient leur corps consciemment dans la fosse commune de l'oubli.

Juste au moment où Esha s'apprêtait à se resservir du vin, son portable sonna. C'était un appel masqué, le cinquième ce mois-ci. Contrairement aux fois précédentes, la personne laissa un message. Esha appela la messagerie vocale, mais n'entendit aucune voix, aucun mot, quelques secondes de silence d'où montait un souffle lourd et moite qui lui fit penser à un trou au fond duquel gigotaient un tas de chenilles aux poils dressés.

Le champ des lucioles

Les paysans avaient commencé à se rassembler, d'abord le soir après leur journée aux champs, dans la cour du chef du village, autour de la lampe à kérosène, ensuite à midi au carrefour du marché où il n'y avait qu'une petite épicerie et une quinzaine d'étals de poissons et de légumes à côté desquels des poules dormaient en cage et des chèvres s'ennuyaient, attachées au poteau, assis par terre le boucher vantait en braillant ses marchandises devant la dalle en ciment couverte de sang, de plumes, d'os et d'entrailles qui attiraient les mouches.

Mina les observait de loin. Appuyée contre le poteau électrique d'où pendaient des fils, les accroches illégales du vidéoclub, un cerf-volant piégé, elle écoutait les discours animés qui traduisaient la peur et les revendications de chacun. Son père y assistait, lui aussi, son frère guettait la foule depuis la véranda du vidéoclub, il y bossait vaguement, on ne savait pas s'il était payé en salaire ou en séances gratuites.

Au bout de quelques semaines les leaders du Trinamool, le parti d'opposition, étaient venus les soutenir, puis les diriger. Ces politiciens ne connaissaient pas ce village loin de la mégapole de Calcutta, la polémique autour du projet automobile leur avait servi à gagner des sympathisants et des militants de façon inattendue. Le Trinamool, qui était une nouvelle faction du parti du Congrès-I, le parti de droite, préparait depuis plusieurs années le renversement du pouvoir, mais il ne croyait tout de même pas que dans les zones perdues du Bengale occidental, ce bastion de la gauche, il y avait tant de gens délaissés qui avaient oublié comment leurs pères et eux-mêmes avaient résisté face à la police et à la milice du gouvernement quasi fasciste de la droite, qui avaient oublié comment avaient évolué leurs conditions de vie depuis une trentaine d'années, et qui désormais étaient habités par de nouvelles colères, déceptions et rancunes. *Le changement, c'est maintenant* – avec ce slogan l'opposition arpentait la région où elle avait installé sa tour de guet. Personne n'avait deviné que bientôt le village de Tajpur se transformerait en champ de bataille.

Le jour où un de ces chefs de l'opposition expliqua dans un discours virulent que la gauche s'était comportée de manière trop indulgente avec les musulmans du pays, qu'à cause d'elle, ces mangeurs de bœuf avaient dépassé les bornes et étaient à l'origine de tout le mal, Mina se sentit conquise. Enfin quelqu'un savait lire dans ses pensées, dire tout haut ce qu'elle avait envie de dire depuis des années. Pour aller au marché elle était obligée de passer au bord de l'étang, derrière les rizières, là où était située la mosquée du village, une minuscule bâtisse d'un seul étage au toit de tuiles, dont le mur d'enceinte blanc était encore bleuâtre d'indigo. Elle était horrifiée à l'idée de marcher sur les épluchures d'oignon et d'ail, sur les rebuts des plats de viande, les os et la peau de vache, leur odeur titillait ses narines, la faisait éternuer de honte et de la peur d'avoir commis un péché. Les hommes âgés baissaient la tête sur son passage, ils touchaient leurs oreilles et leur nez, demandaient pardon à leur Dieu d'avoir commis un péché, eux aussi, celui de voir une mécréante. Les jeunes hommes gloussaient entre eux, la dévisageaient, Mina ressentait leur regard brûler sa nuque longtemps après les avoir dépassés.

La faction de droite du Trinamool s'allia au parti hindouiste Bharatiya Janata Party, fut secrètement soutenue par les divers groupuscules d'extrême gauche, jura aux paysans de leur rendre justice, de chasser le mal et les malfaiteurs. Avant l'assaut final contre le gouvernement de gauche au pouvoir, des émeutes communautaristes entre hindous et musulmans éclatèrent à travers le Bengale occidental. Mina commença à assister assidûment aux meetings, à parler autour d'elle, à ses voisines et amies, à leurs mères et sœurs. Un jour une femme, chef elle aussi, habillée en sari blanc à bordure verte, sans aucune trace de couleur rouge sur elle, un visage rond et musclé comme le corps, posa son regard sur Mina. D'abord ses petits yeux pleins de rage intimidèrent celle-ci. Puis la femme lui parla, hâtivement, grossièrement, sans s'encombrer de la moindre courtoisie propre aux politiques, elle insultait l'opposition, traitait ses ennemis de tous les noms, sa vulgarité avait quelque chose d'inédit, sa férocité était sidérante. Elle menaçait de couper les bras de ses adversaires. Mina fut ravie. Enfin quelqu'un parlait comme le peuple, ne se protégeait pas derrière un discours feutré, avait le culot de descendre de son piédestal et de se salir les pieds dans la poussière et la boue. La dame lui confia des tâches pour convaincre et rassembler ses voisins paysans, lui promit qu'elle lui donnerait la parole au prochain meeting.

Deux mois avant de se mettre à militer pour le Trinamool, Mina avait repéré Sam un soir. Assis timidement par terre, à côté des racks, il donnait un coup de main à un ami électricien au village auprès duquel le parti du Trinamool avait loué des équipements de sonorisation. À la fin du meeting Mina l'avait abordé. Sam avait l'air surpris de la trouver ici, parmi les hommes, paysans et politiciens. Il l'avait regardée comme si c'était la première fois, son visage fin couleur de terre moite, ses grands yeux malicieux, son corps impatient. Il l'avait emmenée derrière le marché, derrière les maisonnettes, près des collines arborées, et allongée sur une allée entre deux rizières, si étroite que Mina pouvait plonger ses mains de part et d'autre dans l'épaisseur veloutée des tiges vertes. Sam avait aussitôt paniqué, remonté son pantalon et failli s'enfuir en courant. Mais Mina le connaissait. Elle l'avait rattrapé et rassuré, pris dans ses bras. Avait caressé sa tête posée contre son cœur qui battait paisiblement. Sous ses paupières abaissées elle avait vu resurgir la barque lumineuse, la voie lactée. Des champs montait un parfum laiteux, poudré, le parfum leur titillait les papilles, emplissait leur bouche de salive. Ils avaient commencé à s'embrasser.

Ensuite, Sam était revenu à Tajpur chaque dimanche, pour repartir à Calcutta le lendemain soir. Il retrouvait Mina à la lisière du village, dans les rizières, comme d'autres amants secrets, éparpillés dans les champs étendus jusqu'à l'horizon, les murmures des hommes et des femmes se confondaient avec le chant des grillons, les bouts incandescents des cigarettes veillaient, telles des lucioles.

La zone

Elle fut arrachée de son sommeil par des bruits qui résonnaient et secouaient l'immeuble. Des briques éclataient, des murs tombaient en miettes, le sol et les plafonds tremblaient, l'immeuble entier vrombissait. Esha jeta sa couette et regarda l'heure. Il était plus de neuf heures. La lumière timide du jour ne l'encouragea pas. Elle épia à travers le judas de sa porte. Le couloir était obscur. Le vacarme continuait. Elle alluma la télé, mais n'entendit rien, la voix de l'animatrice était couverte par les bruits d'un marteau-piqueur. Esha se prépara rapidement. Elle était en vacances, mais chaque période de vacances scolaires signifiait des travaux dans l'immeuble. Les gens partaient en confiant leur appartement à des ouvriers qui arrachaient des couches de papier peint et de plâtre, trouaient et perforaient murs, sols et plafonds. Dans cette ville ancienne qu'était Paris, avant de bâtir, il fallait toujours commencer par démolir, parcelle après parcelle, pendant des jours et des semaines, pour effacer les années, retrouver la colonne vertébrale de la cité, toucher son squelette. Esha pensa à Calcutta où pendant la nuit, on remplissait les champs et les étangs au bord de l'autoroute et où les gratte-ciel s'élevaient sur du vide en silence.

Elle décida d'aller faire un tour dans le quartier, dans la rue commerçante, près de l'église dont la sculpture du porche lui rappelait un sexe féminin géant, dont les lèvres entouraient le portail symétriquement. Près des arcades du centre commercial Plaza, des jeunes femmes filiformes, habillées en mille nuances de gris et de beige, ces couleurs inexistantes si élégantes, munies de cavaliers satinés et de cabas à paillettes, dévalaient le quartier qui n'avait ni odeur ni couleur, sinon celle de la pierre sablée qui aspirait toutes les autres, ni bruit, car aucun cri ne venait inciser le lent écoulement du jour. En parcourant l'avenue et les rues avoisinantes, Esha avait toujours l'impression de remonter dans le passé, ou plus précisément dans son idée du passé, dans un autre siècle que cette ville aurait vécu, figée et protégée comme une fleur de lotus en cristal.

Lorsqu'elle ouvrit sa porte, celle de l'appartement voisin s'ouvrit aussitôt. Un homme lui sourit depuis le seuil. Ses cheveux et sa barbe bouclés et grisonnants contrastaient avec sa gaieté juvénile. « Vous avez frappé ?

– Non ! Mais vous savez combien de temps vont durer les travaux ?

– Trois quatre jours, ou quinze... Parfois on nous demande d'autres travaux, et on les fait. » L'homme souriait de plus en plus largement. « Vous n'avez pas frappé ?

– Non, je sors de chez moi, pourquoi je frapperais à votre porte ? »

Esha ne cacha pas son agacement. Deux autres ouvriers s'approchèrent, puis repartirent au fond de l'appartement casser les murs. « Pourquoi vous ne me dites pas combien de temps les travaux vont durer ? C'est mieux de savoir combien de temps on va devoir supporter le bruit. »

L'homme haussa les épaules. Puis dit nonchalamment : « Dans la journée les gens sont au travail. Et vous ? Vous travaillez chez vous ? » Ses dents jaunes réapparurent.

À ce moment-là une troisième porte s'ouvrit dans le couloir et la voisine d'Esha, une grande blonde pulpeuse, sortit et se précipita dans les escaliers sans leur prêter attention. L'ouvrier lui jeta un œil révérencieux, puis se tourna de nouveau vers Esha. Ses yeux brillaient d'une lumière étrange.

Peut-être était-ce à cause du sommeil ébréché qui lui brûlait les yeux, du raffut qui lui tapait sur les nerfs ou du sourire de plus en plus large de cet homme qui se fichait visiblement de la gêne causée par le chantier et ne cessait de la dévisager de la tête aux pieds, mais Esha perdit son sang-froid. « Je suis prof d'anglais et en vacances, j'ai bien le droit d'être chez moi, non ? »

L'homme se redressa, pencha la tête sur le côté : « Et vous me donneriez des cours particuliers ? », puis il éclata de rire. Cette idée de cours de langue avec une femme le mettait en liesse. On aurait eu beau lui dire le contraire, lui savait que, derrière leurs grands airs, elles étaient toutes des chiennes en chaleur. Toute femme qui ouvrait la bouche devant lui ne souhaitait que lui offrir sa bouche d'en bas. Quant à ces Noires et à ces basanées qui se la jouaient comme des Blanches, elles le faisaient trop rire. Ce n'est pas en se mettant des plumes colorées que le corbeau deviendrait un paon !

Esha eut envie de se gifler. Qui lui avait demandé d'ouvrir sa grande gueule ? Ces hommes ne voyaient là qu'une allégorie lubrique.

« Vous êtes ici pour faire des travaux, faites-les et ne vous occupez pas de ce qui ne vous regarde pas, hein ? lança-t-elle à l'ouvrier sur un ton menaçant.

– T'as un accent, t'es américaine ? »

Esha ne répondit plus et s'éloigna dans le couloir. Elle se moquait du fait que la langue natale de l'homme ne permette pas à celui-ci de faire une distinction étanche entre le vouvoiement et le tutoiement, et qu'il soit, comme ses semblables, attentif à repérer les accents étrangers. Mais le risque de croiser cet ouvrier devant sa porte, dans son couloir, à quelques centimètres de son lieu intime, l'agaçait. Son sourire à travers sa barbe la dégoûtait, elle essaya d'oublier l'épisode, sans y parvenir.

Depuis quelque temps elle doutait de son désir de vivre encore ici, dans ce pays, dans ce foutoir géant où les gens venaient de tous les coins du monde, où on s'offusquait de voir tant de gens venir de tous les coins du monde, qui démantelaient le pays, comme on le fait de vestiges ou de vieilles demeures, pour le façonner, le remodeler, le transformer hâtivement. Un pays, c'est toujours une problématique, un chantier sans fin. Esha était de moins en moins sûre de vouloir vivre cette transition, d'avoir le courage d'affronter cette métamorphose. Quitte à vivre dans un pays où il fallait côtoyer des tas de gens dont les actes et les codes sont sous l'emprise de la religion, où être une femme était un fardeau et s'exposer au monde des hommes un péché, elle aurait préféré vivre ailleurs, dans un autre pays, une autre époque.

Elle arpenta les rues, s'arrêta devant ses magasins préférés, mais n'arriva pas à s'apaiser. Elle erra longuement dans les rues, repoussant tant qu'elle pouvait l'heure de retourner chez elle.

Sa vie ressemblait à son appartement. Un espace de plus en plus étriqué, un champ des possibles de plus en plus restreint au fil des années. Dès le couloir, on pouvait apercevoir l'intimité de son quotidien. Elle se sentait exposée au regard du monde, seule une petite porte séparait son lit de l'extérieur. Lui manquaient les longs couloirs, les pièces nombreuses, les murs derrière lesquels se cacher, dans le confort d'une géométrie généreuse, pour disparaître. Certaines nuits, Esha avait peur que quelqu'un ne défonce sa porte, un de ces ouvriers ou livreurs qui l'aurait suivie dans le quartier et aurait repéré son adresse, qui l'aurait abordée et, après qu'elle l'aurait houspillé, serait parti en serrant les dents. Lui manquaient les proches, hommes, femmes, enfants, chiens, chats, poussettes, voitures, la famille, le pouvoir du clan.

Et peut-être que ce qu'on lui reprochait, c'était de ne pas faire son âge et de ne pas agir selon son âge, comme si elle piochait toujours la mauvaise carte, tentait maladroitement de perpétuer sa jeunesse, ses années estudiantines. Son corps ne portait pas de traces de soucis, de soleil, du temps. Elle paraissait intacte, telle une adolescente, tendue comme un arc. Esha n'avait pas d'ambition financière. Elle ne comprenait même pas qu'on en eût. Tant qu'elle pouvait se payer des robes en vente privée, des cocktails exotiques, les livres de l'année les plus intéressants, tant qu'elle ne recevait pas d'avis inquiétant de sa banque, elle vivait.

Si en Inde il était impossible à une femme seule de louer un appartement, ici personne n'avait tiqué quand elle avait signé son premier bail. Les soucis étaient venus par la suite. On repérait très vite qu'elle vivait seule. Le fait qu'elle soit libre signifiait qu'elle l'était pour tous, sa liberté n'était pas son affaire à elle, mais celle des autres, menacée par le désir des hommes et la méfiance des femmes. Elle n'allait tout de même pas se mettre en couple pour eux, pour que les voisins et les citoyens de cette ville se sentent tranquilles. Partout, ce manque la poursuivait. Comme un fait relevant de la physique quantique, l'absence d'un mari et celle d'un enfant lui tenaient toujours compagnie.

Elle ne pouvait pas éviter le sujet. L'absence d'enfant ne la dispensait pas des questions sur cet enfant pas né. On lui demandait si elle était stérile, si elle n'était pas déjà ménopausée, et surtout on la soupçonnait d'être mal aimée. Avoir un enfant était aussi important qu'avoir un travail, une maison, une voiture. Elle était SDF, Sans Devoir Féminin. Le parcours universitaire, la vocation intellectuelle, les goûts culturels ne suffisaient pas. Il fallait absolument laisser un héritage biologique, semer des germes, récolter la moisson, établir un lien entre elle et un autre être vivant par les voies sanguine, digestive, scatologique, génitale, respiratoire, moléculaire, oui il fallait que son intelligence et sa volonté se diffusent par les atomes pour qu'elle prouve qu'elle était placée plus haut qu'une amibe dans le système pyramidal. Pour savourer sa propre vie, elle devait en créer une autre. Pour être liée à la vie, elle devait en passer par un accord corps à corps. Sans cela les racines ne pousseraient pas sous ses pieds, la terre vacillerait et se déroberait.

Depuis un an, à défaut de changer de vie, elle avait commencé par changer de quartier, déménageant, une deux trois fois de suite, en janvier, en mars, en septembre, comme un chien qui tourne en rond dans son panier sans trouver la position idéale pour se coucher, elle avait erré dans Paris, du nord au sud, de l'est à l'ouest, où elle s'était installée enfin. Quelques mois s'étaient écoulés sans tracas.

Tout en continuant à marcher dans le quartier, elle s'interrogea sur son dossier de naturalisation, doutant de ce que signifierait pour elle une nouvelle pièce d'identité, bleu et blanc, si cela signifierait même quelque chose ou si tout resterait inchangé, avec un fardeau en plus, celui de devoir prouver la légitimité de ce qu'elle posséderait désormais et qui serait vu comme un privilège.

Esha comprit alors qu'elle ne pourrait jamais s'éloigner

d'elle-même, de son image, de son ombre. Elle ne pourrait jamais s'éloigner des zones troubles, car elle les portait en elle, sur sa peau, son visage, tout au long de son corps, comme la carte moisie d'un pays lointain. C'était elle, la zone.

Une aiguille dans une meule de foin

Mina épia le visage de Marie à la lumière de la lanterne. Elle avait l'air soulagée depuis qu'elle pouvait se connecter aux réseaux sociaux. Elle avait tellement insisté que Mina avait été obligée de l'emmener au cybercafé du marché, parmi les jeunes hommes du village attroupés dans les alcôves en bois, autour de grosses boîtes d'ordinateurs, jaunes et sales. Sur l'écran plat de la télévision accrochée au mur, derrière l'accueil, des danseuses se tortillaient sur la plage, dans la forêt, sur les collines, la musique faisait trembloter les enceintes.

En sortant du cybercafé Marie avait la migraine, comme souvent depuis son arrivée à Calcutta. Là-bas, les voitures, bus, camions, charrettes, pousse-pousse, piétons, colporteurs et mendiants criaient, râlaient, klaxonnaient, sciaient l'air de la ville dans leur course exaspérée, jusqu'à ce que tout s'emmêle en un embouteillage chaotique. Les cris des haut-parleurs secouaient les jours et les nuits jusqu'au fin fond de la campagne, les prières du temple rivalisaient avec les chansons de Bollywood diffusées par les clubs de jeunes à chaque carrefour pour annoncer les séances de cinéma en plein air ou les meetings des partis politiques. Les militants sillonnaient les rues en pousse-pousse, micro à la main, et distribuaient des tracts. Marie ne comprenait pas que les gens ne puissent communiquer sans crier, qu'ils ne soient pas encore tous devenus sourds. Comme si le silence leur faisait peur, qu'ils aient besoin de ce vacarme en permanence, sans doute pour avoir l'impression d'exister.

Mina se moqua d'elle. Pour une fois, elle osait une telle transgression. Dès le début un certain type de rapport s'était tacitement établi entre elles. Même si Marie n'avait pas de famille en Inde, se faisait héberger chez des inconnus et que, pour une jeune femme venue d'un pays riche, elle était plutôt mal habillée et sans un sou sur elle, elle s'imposait sans dire un mot. Mina ne prétendait pas être son amie et dissimulait mal la vénération mêlée de méfiance qu'elle nourrissait à son égard.

Assises par terre dans la cour, à la lumière d'une lampe-tempête, elles préparaient les affiches. Mina inscrivait les slogans sur les papiers, Marie dessinait le sigle – un poing serré. Les parents de Mina étaient à l'intérieur de la maisonnette, près du four. Il faisait déjà froid en ce soir d'octobre, le vent balayait les feuilles mortes, les corbeaux peuplaient les banyans et changeaient le contour de leur feuillage. Le chien cessa de rôder et entra dans l'étable, se fit une place dans le tas de chaumes, à côté des vaches.

Mina écrivait mal, les mots étaient à peine lisibles, les lettres étaient disproportionnées, mais elle compensait sa maladresse par une coulée de peinture, son pinceau était de plus en plus lourd. Elle ne saurait jamais comment Marie s'était rapprochée des maoïstes du Bengale, qui venaient désormais la rejoindre au village, en cachette. Elle savait seulement qu'en arrivant à Calcutta cet été-là, Marie s'était installée chez des amis lointains, que la nuit elle menait des recherches sur Internet, listait des orphelinats, missions et ashrams, et que le jour elle sillonnait la ville du nord au sud, d'est en ouest.

En sortant de la cathédrale Saint-Paul de Calcutta, un jour, après avoir quasiment harcelé l'homme en soutane par ses questions, Marie s'était rendue au centre culturel dédié à Tagore et était tombée sur un groupe de jeunes qui fumaient de l'herbe et grattaient des guitares aussi maigres qu'eux. Ils étaient une dizaine, filles et garçons, qui avaient séché leurs cours à la fac. Il faisait très chaud, le soleil s'attardait sadiquement sur la ville avant de se coucher. Affalés sur la dalle, ils tendaient le cou vers le bassin du centre culturel, espérant ainsi profiter un peu de sa fraîcheur. Ils avaient salué Marie et l'avait invitée à se joindre à eux. À la tombée du soir, elle connaissait déjà le parcours, le projet d'avenir de chacun. Ils appartenaient à un groupuscule maoïste et soutenaient tous les mouvements antigouvernementaux afin de renverser le parti au pouvoir dans la région du Bengale occidental, qui, d'après eux, n'avait de communiste que le nom et était devenu social-démocrate, traître et dangereux.

Un des étudiants lui avait alors proposé de les accompagner lors de leur prochain déplacement à Tajpur, où le mouvement anti-industrialisation prenait de plus en plus d'ampleur.

« Mais ces gens-là, les paysans, ils vous suivent sans se poser des questions ? »

Marie se sentait plus solidaire de ces paysans qu'elle ne connaissait pas que de ces jeunes étudiants qui avaient visiblement les moyens de s'offrir de l'herbe, des guitares, des jeans de marque, de disposer du temps à leur guise. Mais lasse de ses recherches dans les orphelinats et les ashrams de Calcutta, elle s'était laissé séduire par l'idée d'un refuge à la campagne.

Ils avaient pris le train tard dans la nuit, étaient arrivés le lendemain matin dans le Faubourg. De là ils étaient montés dans un bus pour Tajpur. Serrée entre les paysans et les ouvriers, leurs paniers en osier et leurs cages à poules, Marie avait les larmes aux yeux. Elle se sentait enfin utile, proche du peuple et de la cause. Elle avait repensé à la raison intime pour laquelle elle était venue en Inde. Tout semblait désormais cohérent comme s'il fallait qu'elle prouve son amour pour ce pays avant d'être accueillie dans son giron.

Mina ne découvrirait jamais que sa rencontre avec Marie n'était pas le fruit du hasard. Les camarades de Marie avaient repéré depuis un moment le village de Tajpur pour y installer leur camp de base, le projet d'usine automobile faisait couler beaucoup d'encre, la colère bouillonnait chez les paysans. Sur leur conseil, Marie avait abordé la jeune femme qui venait souvent à l'épicerie près de la Grande Gare de Calcutta, cherchant on ne sait qui, désespérée, au bord des larmes, avant de reprendre le train pour son village.

Mina s'était interrogée sur la soudaine affection que lui avait manifestée Marie. Elle était consciente d'être quasi analphabète. Elle ne savait situer ni sa région ni son pays sur une carte, et s'en moquait, elle vénérait ses dieux et ses déesses, ainsi que les grains de riz, qu'elle ne piétinait jamais, le premier jeudi de chaque mois, avec ses parents, elle préparait l'offrande sacrée sur les feuilles de bananier et priait pour une bonne récolte. Son intelligence était presque physique, animalière, sauvage. Son ignorance était effarante. Elle survivait en malaxant la terre à laquelle elle était entièrement dévouée, sans se poser de questions. Les raisons et les raisonnements ne l'atteignaient pas. Sa dualité était extrême et déroutante. C'était comme si elle pouvait voir dans l'obscurité, mais trébuchait en plein jour.

L'ignorance des paysans mêlée à un courage aveugle, inspiré par l'instinct de survie, ne dérangeait pas les maoïstes. Pour détrôner le gouvernement de gauche du Bengale occidental, ils étaient prêts à utiliser tout le monde, à s'allier avec n'importe qui. Une fois infiltrés, ils se dispersèrent dans toute la région. Le soir, ils tenaient des réunions secrètes chez les agriculteurs. Dans la journée ils rencontraient les chefs du Trinamool.

Ni Marie ni aucun de ses camarades d'extrême gauche n'avaient deviné que ce ne serait pas leur jour de gloire, qu'une émeute violente éclaterait, qu'il y aurait des heurts terribles entre les paysans et les forces de l'ordre, que la page d'histoire serait noyée dans le bain de sang.

Un ovni dans la nuit

Esha reçut le mail de Marie alors qu'elle cavalait dans le couloir du métro. Jonglant avec son sac à main et son parapluie trempé par la pluie et cabossé par le vent d'un automne ingrat, elle réussit à manipuler son téléphone et à lire le message.

Cela faisait des mois qu'Esha n'avait pas reçu de ses nouvelles. Elles n'étaient pas vraiment amies, ni des connaissances de longue date. Marie Montigny faisait partie d'un groupe d'activistes féministes qu'Esha soutenait sur les réseaux sociaux. Sur l'écran de son ordinateur, ce visage lui avait souri comme son propre reflet dans la glace, le même teint d'argile, les mêmes yeux noirs, la même chevelure de jais. Marie était probablement née dans le même pays, voire dans la même ville qu'elle, il était possible qu'elles aient appris à marcher dans des allées jumelles, près de l'étang, près du champ que bordaient des maisons aux couleurs pastel, blanc bleu rose, aux volets vert bouteille, qu'elles aient ramassé les noix de coco tombées dans le jardin après l'orage, tout en étant effrayées par les bananiers qui ondulaient tels des fantômes au milieu de la nuit derrière la fenêtre, que l'herbe ait recouvert la marelle qu'elles avaient désertée. Sur l'écran de son ordinateur ni les mers ni les heures ne les séparaient.

Ses nom et prénom chrétiens étaient déroutants, d'autant que Marie portait de temps en temps le *sindoor* rouge vif sur son front. Depuis qu'elle la connaissait, Esha ne l'avait jamais interrogée, ni sur son enfance ni sur ses parents français. Elle se montrait suffisamment ouverte pour brasser les vies au-delà des schémas tracés, les vies dispersées, hasardeuses, surprenantes.

Sur le réseau social, Marie avait hésité à cliquer sur la photo d'Esha. Son visage fin entouré de longs cheveux lisses et noirs, son rouge à lèvres vif, sa robe au décolleté plongeant, ses escarpins à hauts talons, et surtout sa moue et son regard pleins de suffisance l'avaient agacée. Marie était entrée en contact avec elle par le biais d'amis communs. De temps à autre elles discutaient sur le réseau. Quand elles ne trouvaient plus de mots, elles s'envoyaient des smileys, de colère, d'étonnement, de tristesse, de désapprobation, de sourire et de rire aussi. Au fil de ces échanges, Marie avait découvert une femme qui lui rappelait les films d'Almodóvar. Esha ne jurait que par Godard et Fellini, mais elle manquait de délicatesse, de grâce nonchalante, ou de beauté majestueuse, elle était nerveuse comme un caniche, une boule d'énergie, toujours dans l'excès, dans sa tête il y avait sans doute un amplificateur de son et d'images, elle vivait dans la projection surdimensionnée d'un monde parallèle.

Marie avait fini par s'attendrir. Elle revenait souvent sur la page d'Esha, lui laissait de gentils messages. Esha n'aimait pas la réalité, mais une version fictive de la réalité. Quand elle avait découvert que Marie avait été adoptée par un couple d'ici, elle avait été enchantée, comme si l'histoire grave de sa vie enveloppait Marie d'une lumière rare. Esha trouvait cela triste et beau, romanesque.

Un jour, elles se rencontrèrent et Marie se confia à elle au détour d'un verre. Elle savait à peine marcher sans dodeliner du corps, balbutiait juste quelques mots en formant des bulles de bave autour de sa bouche lorsqu'elle avait été placée à la Mission de la Mère. De là, ôté de mains noires et miséreuses, le couffin était arrivé chez des gens aisés en France. On ne sut pas s'il s'agissait d'un don, d'un acte de charité, ou si l'argent avait facilité le passage de l'enfant, l'avait incité même, d'un pays à l'autre, d'une petite hutte à une maison en meulière dans la banlieue paisible de Paris. Le soupçon de l'argent avait tout sali, comme partout d'ailleurs, c'était certain, on avait acheté le bébé, délaissant la petite couette faite de vieux saris blancs superposés, cousus à la main. Après avoir passé son enfance, son adolescence, et même ses premières années d'adulte à Paris, Marie avait eu envie de découvrir son pays natal, de connaître ses parents biologiques. Elle s'était rendue en Inde, à Calcutta, plusieurs fois, avait arpenté les rues, interrogé les gens, associations, hôpitaux, cherché, en vain. Avant d'y repartir cette année.

Elle n'avait pas raconté à Esha qu'elle avait fait connaissance de militants d'extrême gauche là-bas. Leur discours terre à terre, droit comme une flèche, sans concession, sans nuances, presque enfantin lui convenait à merveille. Depuis un moment, elle ne voyait le monde qu'en noir et en blanc, les autres teintes n'étant que des distractions inutiles, des compromissions nocives. Dans le groupuscule qui avait quitté Calcutta et s'était infiltré parmi les villageois, les paysans et les ouvriers à la campagne, Marie s'était fait une place. Son corps généreux leur rappelait la glaise des rizières, sa douceur charmait les femmes, sa force étonnait les hommes.

Jusqu'à présent, de rares nouvelles d'elle étaient parvenues, tels des échos lointains sur les réseaux sociaux, ses photos surgissaient de temps en temps sur les espaces virtuels, souvent en compagnie de jeunes femmes et d'enfants. Elle aurait dû leur ressembler, se fondre parmi eux, pourtant elle s'en démarquait terriblement, le même visage, la même peau, le même corps se détachaient du reste, quelque chose clochait, maladroitement, tristement, elle n'était pas de là-bas, elle n'était pas d'ici, sur les photos les gens du village l'entouraient comme un arbre exotique, un ovni tombé du ciel, et peut-être que cette étrangeté l'aidait à créer une aura autour d'elle, un halo de mystère, lui donnait un parfum des pays prospères et pleins de promesses, peut-être qu'elle était devenue la clé de son ascendance sur ces paysans, de son succès auprès d'eux, puisqu'ils avaient commencé à l'écouter et à la suivre dans ses combats.

Esha relut le mail. Avec ses camarades, à Calcutta, Marie organisait une manifestation massive contre le parti socialiste au pouvoir et contre son projet d'usine automobile, et elle invitait ses amis en France à signer une pétition. *Résistance, combat, armes* – les mots en gras ne laissèrent pas Esha indifférente. Elle n'avait plus de contacts avec ses camarades d'autrefois, ils avaient jugé que son départ de Calcutta était une trahison, même si son rôle avait été infime au sein du parti, elle se tenait plutôt en périphérie, amoureuse à l'époque d'un jeune syndicaliste de leur université. Les militants communistes n'avaient pas aimé l'idée de sa vie à l'occidentale dans un pays riche.

Signer cette pétition serait la preuve ultime de sa trahison.

C'était un message collectif que Marie avait envoyé. Esha fit défiler les noms des autres destinataires. Il y avait celui de l'intellectuelle militante qui lui rappelait toujours le personnage principal du film *Tomboy*. Son visage aux larges pommettes, sa coupe à la garçonne, ses mèches blondes comme du miel qui balayaient son front, son sourire placide et ses yeux bleu acier la bouleversaient toujours, elle ressentait une infinie tendresse pour elle, une admiration quasi inconditionnelle, elle l'écoutait à la télé, à la radio, partageait ses publications sur les réseaux sociaux, pourtant elle n'avait jamais voulu la rencontrer, par peur d'approcher une statuette de verre.

Tout en marchant, Esha rédigea un message rapide pour indiquer à Marie qu'elle avait besoin de plus d'informations avant de signer la pétition. Puis elle jeta de nouveau un œil aux autres adresses mail, aux noms des destinataires, s'arrêta sur l'un d'eux, sourit un peu, puis envoya le mail sans inclure les autres.

La terre sale et sourde

La nature de l'homme est probablement constituée de plusieurs couches, invisibles les unes les autres. Ce qui fait mal, ce n'est pas la vérité, ni même le mensonge, mais ce qui les sépare, ou ce qui les lie. Ce point de jonction, cette zone de pénombre, où sont suspendus les fils électriques dénudés.

Sam avait promis à Mina que tout serait réglé avant le grand rassemblement organisé contre le gouvernement par le Trinamool. Il lui avait promis qu'il parlerait à leurs parents, demanderait sa main en bonne et due forme à son père, même s'ils étaient cousins, il arriverait à convaincre leurs familles. Mais l'épicerie connaissait des soucis financiers, l'un des employés volait régulièrement des marchandises dans le stock, qu'il revendait à des colporteurs, et après avoir licencié deux personnes de suite, le père de Sam lui avait confié plus de responsabilités. Celui-ci expliqua tout cela à Mina, qui transpirait d'angoisse et de honte. Il lui devenait de plus en plus difficile de dissimuler son ventre arrondi malgré son vêtement ample, et elle avait envie de vomir à tout moment. Assise par terre, elle eut l'impression de s'évanouir.

Elle écoutait Sam, mais perdait le fil de ses mots, le fil de ses propres pensées. La peur la rongeait, creusait un tunnel au fond d'elle. Elle devenait un tronc d'arbre desséché, érodé, poreux, prêt à s'écrouler. La nuit, dès qu'elle se couchait, l'air pesait sur elle et se peuplait de fantômes véhéments. Être à l'horizontale était comme être sur un lit de mort, dans une tombe, sous la terre sale et sourde. Elle attendait impatiemment le jour pour se relever.

Par la suite, Mina retourna plusieurs fois dans le quartier de la Grande Gare de Calcutta. Elle se sentait toujours perdue en sortant du train. Même si c'était interdit et que des couloirs permettaient d'accéder aux différents quais, des gens descendaient sur les rails couverts de détritus, d'épluchures de bananes et de mégots, et les traversaient pour grimper de l'autre côté. Dans le hall, pressée et bousculée par la foule, Mina était attirée par les grands panneaux du McDo qui vantaient les burgers au poulet et à la sauce curry, ils tombaient du haut plafond dont elle ne voyait pas la voûte, comme si la source obscure du ciel lui offrait ces nourritures. Devant la gare en briques rouges et ses tours s'alignaient les taxis jaunes, les chauffeurs manipulaient fièrement leur téléphone portable en attendant les clients, hochant la tête au rythme des chansons de Bollywood stockées sur leur compte iTunes.

Mina marchait sous les arbres couverts de poussière qui bordaient la haute grille de la gare. Plus elle avançait vers l'épicerie, plus elle avait la gorge sèche.

De petites tentes étaient plantées tout au long du trottoir. Celles des ouvriers travaillant sur les chantiers qui métamorphosaient la ville. Venus de la campagne, ils avaient installé leur logement au pied des gratte-ciel. Des rouleaux de plastique appuyés contre le mur avaient été déroulés en guise de toits, de vieux saris pendaient sur des cordes pour protéger les familles du regard des passants, le béton du sol était adouci par des chiffons, de vieux journaux et des sacs en jute. Les sandales étaient posées à l'entrée, marquant un début d'intimité. Çà et là, des enfants étaient penchés sur des papiers et des manuels scolaires, gribouillant quelque chose, d'autres jouaient et rampaient par terre, tiraient la queue des chiens galeux, grimpaient dessus, au milieu des marmites posées sur des fours de brique et d'argile. Quelques ustensiles cabossés en aluminium et en émail, des bidons d'essence remplis d'eau complétaient ces cuisines à ciel ouvert. Les femmes qui n'avaient pas été embauchées comme ouvrières ou bonnes s'affairaient sur le trottoir, se brossaient les cheveux et tuaient leurs poux entre copines, houspillaient leurs gosses, leur mettant des raclées quand ils tentaient d'aller sur la chaussée, de se faufiler entre les voitures frénétiques.

Mina était toujours essoufflée. Le chemin lui paraissait interminable. Parfois elle réussissait à parler avec Sam entre les sacs de jute remplis de riz, de blé, de lentilles de toutes les couleurs, les piments secs lui brûlaient les yeux, parfois Sam n'était pas là. Lui disait-on.

Quand elle descendait l'avenue, son propre reflet dans les vitrines des magasins l'accompagnait. Ses cheveux noirs ondulaient sur sa tunique en coton aux fleurs sauvages rouges roses vertes ocre. Ce jour-là elle entendit un sifflement. Puis un râle. Une voix d'homme appelait un troupeau de moutons ou un chien perdu. Sans tourner la tête, Mina aperçut l'homme du coin de l'œil, il était au volant d'une voiture noire. Gras, le cou enserré dans le col de sa veste, c'était elle qu'il interpellait. Mina évita son regard et poursuivit son chemin. En émettant un bruit strident, la voiture freina et se mit en travers du passage piéton qu'elle voulait emprunter. Mina s'arrêta net et regarda la voiture. À sa grande surprise, ce n'était pas celle de l'homme qui l'interpellait, car il était derrière, coincé au feu rouge. C'en était une autre, de couleur claire, avec un homme plus jeune au volant. Dès que les yeux de Mina croisèrent les siens, il essaya de cacher son sourire coupable en baissant la tête, la colère de la jeune femme le comblait de joie, il écrasa son klaxon poire, avant de regagner l'avenue.

Mina était ahurie. En pleine confusion elle traversa l'avenue et s'engouffra dans la rue d'en face, pour se cacher derrière les maisons à deux ou trois étages, aux murs jaunes, verts, roses, bleus, des antennes paraboliques sur le toit. Elle ne comprenait pas ce qui venait de se passer. Comment savoir ce qui avait provoqué cette traque soudaine, les fleurs vives et sauvages de sa tunique ou la longue natte noire qui ondulait dans son dos comme un serpent, ou encore l'odeur qu'elle dégageait, de peur, de honte, mêlée à son désir pour Sam ? Son corps la trahissait-il ?

Elle s'empressa de rentrer à Tajpur. Mais dans la cour commune ou les petites ruelles sous les arbres, elle eut la même impression d'être suivie, par des voitures, près du marché, qui oscillaient comme des barques sur le sol cabossé, par des hommes qui parfois la dépassaient, la dévisageaient à la dérobée, ou la regardaient en tournant la tête. Elle ne savait pas s'ils étaient ses voisins, des gens du village ou des environs, s'ils venaient d'ailleurs, de lieux où elle n'était jamais allée, où elle ne connaissait personne. C'était un défilé d'hommes au corps sombre et au regard virulent, ils auraient pu n'en faire qu'un, un unique homme que Mina croyait voir partout et à tout moment. Celui qui l'avait reluquée dans le Faubourg à son retour de Calcutta, ou l'autre, qui avait assisté à sa conversation avec le député, au bureau du parti communiste, et qui avait relevé la tête seulement à la fin, avec un large sourire, pour confirmer au député qu'elle était bien devenue une femme.

Joyeux Noël

Les vendredis soir étaient sacrés pour Esha. C'était le début d'une promesse, un point de suspension avant le week-end. Coupée du monde, calfeutrée dans son cocon, elle jaugeait toutes les possibilités.

Mais cette fois-ci, la sonnerie de son portable la fit sursauter. Elle reposa la fourchette sur le bord de son assiette pleine et chaude et alla chercher son téléphone. C'était sa mère.

Elle jeta un coup d'œil sur l'horloge – minuit à Calcutta –, ce n'était pas une heure où sa mère était habituellement éveillée. Elle regarda avec envie son plat, le repoussa et saisit son verre de vin.

« Qu'est-ce qui se passe ?

– Eh bien, hier, vers onze heures du matin un homme m'a téléphoné, il m'a interrogée à ton sujet. Quand j'ai dit que tu n'habitais pas ici, il a eu l'air étonné, puis il a raccroché. Quelques heures plus tard, dans l'après-midi, quand ma femme de ménage est arrivée, je lui ai demandé de me faire un thé, pas un thé au lait mais un thé au citron, parce qu'il y avait des citrons dans le frigo depuis un moment, ils allaient pourrir…

– Oui, oui, tu as pris un thé au citron, et alors que s'est-il passé ?

– Euh, un homme s'est présenté à la porte, il a sonné au rez-de-chaussée, je lui ai répondu du premier étage, il a parlé de toi, a donné des références qui m'ont paru correctes, donc je l'ai laissé monter… »

Esha posa son verre sur la table, se leva et commença à tourner en rond dans la pièce. Sa mère continuait à lui expliquer que l'homme était très élégant et très courtois, qu'il n'était resté que quelques minutes pour l'interroger sur Esha, ce n'était pas l'homme du téléphone, ce n'était pas la même voix. Il allait de soi qu'elle avait répondu aux questions de cet homme qui s'était donné la peine de venir chez elle et qui, de surcroît, s'inquiétait pour sa fille vivant à l'étranger, seule.

Esha imagina sans difficulté les soupirs de regret et les silences de désapprobation de sa mère, son regard vide, errant dans la chambre étouffante aux vieux meubles en bois, noircis et voûtés, l'odeur de la naphtaline mêlée au parfum de l'encens dont la cendre bruinait en ponctuant le temps qui passait si lentement. Elle mit quelques secondes avant de réagir lorsque sa mère l'informa qu'elle avait transmis à cet inconnu ses coordonnées parisiennes. La conversation se termina comme souvent dans les larmes et les cris.

Après avoir raccroché, Esha resta hébétée. Qui pouvait bien la chercher ainsi ? Qui connaissait les détails de sa vie à ce point, à Calcutta comme à Paris ?

Mais qu'elle était bête ! C'était l'enquête pour sa naturalisation, évidemment ! Esha se maudit de ne pas avoir briefé sa mère, d'avoir mis son avenir en péril. Mais son regret fut bref. Si elle avait été au courant de ses démarches, sa mère se serait peut-être plainte davantage de sa fille si indigne, si égoïstement ambitieuse, convaincue que ce choix de l'exil n'était qu'une énorme erreur, que sa fille vivait mal puisqu'elle vivait seule, mangeait mal puisque aucune bonne n'était là pour lui préparer ses repas, dormait mal puisque le soleil se couchait et se levait à des heures qu'elle, sa mère, ne connaissait pas.

Esha faisait confiance à la hiérarchie, aux gens de pouvoir, elle croyait aux trajectoires uniques et solitaires et pensait pouvoir impressionner les puissants décideurs par sa personnalité et sa volonté. Ainsi, elle décida de garder son calme et s'apprêta à avoir un nouvel entretien avec la préfecture.

Christophe Richard ne l'avait pas contactée depuis un

moment. Le mois dernier il lui avait proposé un autre rendez-vous, mais Esha avait refusé. Elle ne comprenait plus très bien l'intérêt de ces tête-à-tête dans des bars, ces cocktails après l'heure du bureau, elle ne comprenait pas ces interrogatoires qui débordaient du cadre administratif et glissaient vers un terrain obscur. Par texto, ensuite, il lui avait envoyé un haïku. Même si ces quatre vers ne faisaient que les louanges d'une montagne au crépuscule, Esha s'était sentie très gênée et avait choisi de ne pas lui répondre. Il l'avait alors appelée et, de sa voix mielleuse, avait commencé à lui poser des questions. « Vous allez bientôt retourner dans votre pays ? » Esha lui avait dit la vérité, elle n'avait pas de raison en effet de lui mentir, elle irait là-bas à Noël. « Vous êtes chrétienne ? Vous ne me l'aviez pas dit.

– On n'est pas obligé d'être chrétien pour fêter Noël ! » Esha avait de plus en plus de mal à garder son sang-froid.

« Ah, et ce n'est pas dangereux de fêter Noël au Bangladesh, une culture de la minorité ? »

Esha n'avait pas su tout de suite s'il était vraiment inculte ou s'il lui tendait un piège. Elle avait expliqué calmement que depuis son enfance elle avait vu des gens en Inde s'amuser comme des fous à Noël, que même les épiceries des petits villages vendaient des gâteaux spéciaux, enveloppés dans de la Cellophane étincelante. « Vous pouviez demander l'asile, si vous faites partie de la communauté minoritaire. » Christophe Richard semblait faire fi de ses explications. Elle avait alors compris qu'il la soupçonnait, qu'il croyait qu'elle avait menti depuis le début sur son pays d'origine, qu'il la croyait du Bangladesh, ce pays ravagé par les conflits politiques sanguinaires et les émeutes communautaristes, d'où venaient en masse les peuples pour demander l'asile politique en Europe. Elle avait compris que cet homme se croyait si intelligent qu'il l'avait prise pour une ultrarusée qui, au lieu de se noyer dans les hordes des demandeurs d'asile qu'il soupçonnait être ses compatriotes, au lieu de risquer l'échec inévitable d'une telle tentative, s'était inventé un autre pays, une autre vie. Elle avait piqué une colère noire. Lui avait raccroché au nez. Plus tard dans la nuit, n'arrivant pas à dormir, elle s'était levée et avait vociféré sur la messagerie de M. Richard. Elle l'avait traité de con, de fou, il avait l'ambition d'être 007, mais il n'était qu'un grand zéro, trois fois zéro, pour terminer elle l'avait menacé de porter plainte car personne n'était au-dessus des lois, même ceux qui la représentaient.

Alarmée par le coup de téléphone de sa mère, Esha craignit que ce ne fût un coup monté par Christophe Richard ayant employé des moyens plus alambiqués pour étayer ses soupçons à son égard. De toute façon, il n'avait jamais accepté ses réponses franches et directes, comme si cela ne lui plaisait pas que les choses soient parfois si simples et prévisibles, il cherchait peut-être à justifier son salaire, à se donner une contenance, une importance.

Noire et lente comme une chenille

La première fois qu'il l'avait vue, c'était au printemps, quand le soir tardait à tomber derrière le marché du Faubourg. C'est curieux de dire *tomber*, car il arrive que le soir se lève, avec une lumière rose orange velours, derrière les maisons et le marché, la brise fait remonter le col de la chemise qui reste collée contre le torse nu, comme la voile d'un bateau prêt à braver la marée haute. Ce fut donc un de ces soirs printaniers, il fermait sa boutique de fleurs, s'agenouillait pour mettre le cadenas au pied du rideau en fer, quand il l'avait aperçue. D'abord il vit ses pieds, enserrés dans des sandales corail, approcher vers lui avec un petit cliquetis. Un instant il crut qu'elle venait pour lui, pour le voir, pour lui parler. *Mais ce n'est pas possible !* Non seulement elle ne le connaissait pas, mais les filles comme elle ne connaissaient pas les garçons comme lui. Les filles comme elle marchaient tête baissée en tirant nerveusement le bout de leur étole pour cacher leurs seins, pour cacher leur corps, le masquer comme s'il leur faisait honte, comme si le seul fait d'exister était une outrance aux bonnes mœurs.

L'improbabilité de leur rencontre soudain ne l'intrigua plus, il leva les yeux et eut l'impression que ses rétines étaient inondées de jaune. La fille avait une peau miroir qui buvait et reflétait le dernier rayon du soleil. Il ne savait pas si c'était sa beauté ou sa pudeur, sa méfiance, ou encore la cadence de son corps suggéré par la tunique ample et l'étole jaune canari qui la rendait si attirante. Il sourit, essaya de cacher son sourire. Il était heureux, cette fille le rendait heureux. Si la beauté était la promesse du bonheur, cette fille était alors indéniablement belle. Il sentait l'effet de cette beauté dans son pantalon, l'odeur de sueur et d'urine était dissimulée par celle de sa verge, qui était gorgée de sang et faisait de son mieux pour bomber sa maigreur, poussant, se hissant, fulminant. Il éclata de rire.

Son collègue avait déjà quitté la boutique, il s'apprêtait à entrer au cybercafé du quartier où les corps nus des femmes de toutes les couleurs, de tous les pays, traversaient gratuitement les frontières sur l'écran, les hommes s'y attroupaient pendant des heures, sortaient en chancelant, ivres et hébétés, toujours hagards.

Interloqué par son rire, son collègue revint vers lui. Ils

reluquèrent tous les deux la fille qui avait dépassé la boutique, elle attendait au carrefour que les bus, camions, charrettes arrêtent un instant leur course frénétique et la laissent traverser.

« Vas-y, va la chercher ! Je l'ai déjà vue. Elle passe souvent par ici.

– Ah bon ? Où elle va ? Elle a un mec ? Elle n'est pas mariée apparemment.

– Salope ! Elle l'a déjà fait. Ça se voit. T'as vu comment elle marche ?

– Ouais, ouais, je vois. »

Lui-même ne l'avait quasiment jamais fait... La fille n'avait pas voulu être payée, elle avait essuyé sa main sur son étole et lui avait même souri, avant de rejoindre les autres filles debout dans l'allée, au fond du marché, à côté des vendeurs d'alcool et de guirlandes de tubéreuses. Leur rouge à lèvres écarlate et leur poudre blanche sur le visage, le point brillant sur leur front et le froissement de leurs habits dégageant un parfum entêtant, tout cela l'avait rendu si nerveux qu'il s'était enfui de l'allée, noire et lente comme une chenille.

Maintenant que son copain lui parlait de cette fille, il se sentait de plus en plus vexé. Elle avait traversé la rue et s'éclipsait derrière les pâtés de maisons et les magasins. Son maigre bonheur licencieux lui fit honte. C'était un trait jaune aveuglant à la fin du jour. Elle était venue d'en face et avait aussitôt disparu sans attendre ce qu'il avait à lui dire. Et s'il la suivait ? L'idée lui vint en un éclair. Quand elle passerait la prochaine fois par ici, il la suivrait, voilà ! Il l'aborderait pour l'amadouer, et si elle était trop farouche, il la suivrait. Elle s'arrêterait bien quelque part, on verrait comment elle résiste. Elle n'était pas une pute donc elle ne hurlerait pas effrontément dans la rue, mais elle n'était pas chaste non plus, elle savait ce qu'elle était. Elle aurait honte, elle ne hurlerait pas.

Il se faufila derrière la boutique en sifflotant maladroitement une chanson, et se mit à pisser sur le tas d'ordures, sur les affiches de stars de cinéma collées au mur, fit zigzaguer le jet, fixa longuement les coulures sur les visages enfarinés et les seins outrageux, avant de refermer sa braguette et de cracher dans la flaque d'urine qui s'écoulait lentement vers la fente sur le trottoir.

Les étendards et les drapeaux

Elle s'arrêta brusquement entre deux rayons de pâtes et de sauces, se figea complètement devant Esha, avala sa salive. La quinquagénaire la fixait, pétrifiée de peur. Esha crut voir son cœur battre contre sa gorge. « Excusez-moi », dit-elle, et elle passa devant la femme.

C'était en fin de matinée, un samedi. Esha était sortie faire ses courses. Comme d'habitude elle s'était cantonnée au périmètre de sécurité de sept cent cinquante mètres qu'elle avait dessiné dans sa tête à son arrivée dans le quartier. Mais elle devait reconnaître amèrement que les autres aussi vivaient dans leur périmètre de sécurité et ne l'attendaient pas ici, où les hommes et les femmes malgré leurs origines étrangères formaient un paysage homogène grâce à la neutralité blanche de leur peau. Elle était toujours surprise par le terme « gens de couleur », comme si les autres étaient aussi transparents que des bébés écrevisses.

Ses congénères vivaient au nord de la ville, près de la

Grande Gare, ce quartier ressemblait à une gigantesque marmite d'où montaient des odeurs de cumin, curcuma, curry, d'encens et de guirlandes, où les saris aux couleurs clinquantes brillaient autant que les ustensiles en inox et en laiton suspendus aux portes des épiceries, où les légumes tropicaux débordaient des étals sur le trottoir, tandis que les poissons gelés dans le formol patientaient dans l'arrière-boutique. Les épouses et les filles de diplomates, d'industriels ou de riches héritiers s'y rendaient, invisibles derrière la vitre fumée de leur voiture conduite par le chauffeur docile, elles se protégeaient du monde bas et sale.

Esha se souvint que, dans sa jeunesse, les crèmes éclaircissantes avaient envahi le marché indien ; dans les années 1990 les magazines et la télé couleur abusaient de la surexposition à la lumière ; les grands panneaux publicitaires mettaient à profit la mécanique des rideaux coulissants verticaux pour vanter le visage de la femme en dix teintes, du plus sombre au plus clair, la femme devenait de plus en plus blanche avec les battements des plaques métalliques au bord de la route, sur laquelle les voitures, bus, camions, charrettes, vaches, colporteurs, piétons et mendiants essayaient de se frayer un chemin, en criant, gueulant, klaxonnant furieusement, hagards et noircis par un soleil incendiaire.

Esha sortit de la supérette et remonta l'avenue. Elle laissa derrière elle les toilettes publiques où les touristes faisaient la queue et redouta d'apercevoir par accident la cuvette sale à travers la porte entrouverte. Les vendeurs à la sauvette lui proposèrent de petites Tours en porte-clé avant de cacher leur marchandise derrière les buissons, le long de la muraille du cimetière. Un mendiant barbu guettait les touristes et snobait les vendeurs à la sauvette, pendant que les nounous venues des îles volcaniques berçaient des bébés blancs comme du lait sur la vaste pelouse étendue vers la Seine.

Esha contourna vite la station-service où des chauffeurs de camionnette penchaient toujours leur tête dehors avant d'avaler une bouffée d'oxyde de carbone. Elle laissa passer une moto et hâta le pas pour éviter le cabinet fiscal devant lequel une quinzaine d'hommes s'attardaient sur le trottoir. C'était déjà trop tard. Ils l'avaient remarquée de loin. Esha bifurqua, traversa là où il n'y avait pas de feu, mais un de ces hommes, gros et paisible, avec de grands yeux de vache, commença à la suivre. Il traversa l'avenue derrière elle en la reluquant, en battant des paupières, en tirant sur sa petite cigarette, il la poursuivit jusqu'à ce qu'elle entre dans un magasin où elle n'avait aucunement prévu de se rendre.

Esha regretta d'avoir été distraite, de ne pas s'être vêtue

d'habits sombres et informes, de ne pas glisser comme un fantôme dans la grisaille qui enveloppait la ville. Elle prit conscience de ses jambes galbées par les collants noirs, du cliquetis de ses talons sur le trottoir. Chaque société s'était attribué par un accord international tacite une partie du corps féminin pour symboliser le péché : jambes, bras, ventre, nombril, seins, dos, cheveux, voire le corps entier. Esha pensa à cette tribu aborigène chez laquelle les femmes et les hommes étaient nus et cachaient uniquement leur cou avec des colliers en os. Ailleurs on pillait les femmes comme des poules ou des chèvres, on fixait le prix de la chair fraîche et rassie, on les ravageait comme des terrains de culture qu'on incendiait parfois avant de s'enfuir. Certains hommes aimaient les femmes comme ils aimaient la terre, dans l'illusion de pouvoir les modeler avec rage et violence. Les tribus modernes avaient inventé des codes nouveaux, de couleurs et de formes du sud au nord de la planète, les teintes vives devenaient de plus en plus sombres, secrètes, endeuillées vers le centre, dans la ville froide et pluvieuse.

Esha eut un frisson dans le ventre. Il lui semblait qu'un jour il lui arriverait quelque chose et qu'il ne suffirait pas de traverser au rouge pour l'éviter. Elle devait probablement dégager une odeur, une impression d'appréhension ou de dégoût, de solitude, ou bien juste une énergie étrange, de joie, d'orgueil, d'arrogance qui énervait les hommes et les femmes et les incitait à lui donner une leçon. Esha avait la sensation d'être constituée de verre, de plastique, d'eau, d'être transparente et vidée de tout organe et de n'avoir qu'une paire de lèvres gigantesques, comme une fleur rouge piégée dans un flacon de parfum.

Plus elle anticipait le mal, plus elle avait le sentiment de le porter en elle, comme si elle portait en elle le désir sale et visqueux de tous ces hommes, leur regard baveux, leur odeur jaune et gluante, leur souffle moite. Plus elle craignait ces hommes, plus elle se rapprochait d'eux. Un lien se formait, sans mot, sans geste, celui de la peur. Elle n'était plus seule, elle vivait avec des centaines de vies, de voix, de désirs qui envahissaient son espace intime. Entre elle et ces hommes, entre elle et le monde, il n'y avait plus aucune frontière, ni cloison, mur, muraille.

Esha continua à marcher, longeant les magasins, les supermarchés, sans y entrer. Les vigiles la repéraient tout de suite, parfois ils déclenchaient l'alarme quand elle partait, fouillaient ses sacs tout en la dévisageant, en se faisant des clins d'œil entre collègues. « Vous êtes de quelle origine ? Parler ? Parler français ? Comprendre ? » Les caissières aux longues chevelures noires, épaisses et bouclées, ces cousines lointaines restées de l'autre côté du tapis roulant, à mettre machinalement des produits dans des sacs en plastique, à taper des codes, des chiffres, un total, jusqu'à s'en casser les ongles, la traitaient d'« impératrice », ricanaient et critiquaient ce qu'elle dépensait, puisqu'elle dépensait, puisqu'elle n'était pas de leur côté, du côté de la caisse, à servir aimablement les Blancs qui les remerciaient pour leur servitude et leur amabilité. Elle pressa le pas. Elle se souvint de ce qui s'était passé l'an dernier au Salon du Livre où elle était allée faire un tour, impatiente d'acheter quelques romans qui avaient reçu de belles critiques, avec, aussi, le vague espoir d'y croiser Julien, prévu pour une séance de dédicaces de son dernier livre. Quand elle avait tendu le carton d'invitation à l'entrée, le vigile l'avait dévisagée, abasourdi. Sa mâchoire était tombée, il s'était caressé sa nuque épaisse et rasée. Puis il avait fait une grimace, sans lui adresser la parole, sans lui dire bonjour, hésitant entre mépris et ricanement, pour lui montrer du doigt la porte d'à côté.

Esha avait compris que l'ordre du marché du travail ne supportait pas d'anomalie. Les plombiers, gardiens, cuisiniers, caissières, prostituées, nounous, restaurateurs, épiciers, éboueurs venaient tous d'un pays précis, chaque pays de la planète semblant fournir, selon un consensus secret, tel ou tel type de main-d'œuvre, et il n'était pas question de semer la pagaille dans cet ordre.

Finalement, Esha se rendit au plus grand supermarché du quartier. Les produits y étaient coûteux, les caissières maniaient habilement courtoisie et discrétion. Esha s'adressa à ses employés préférés, le vieil homme au dos courbé et aux cheveux blancs et crépus, qui pesait ses légumes et lui tendait élégamment les sachets en plastique ; la jeune femme noire qui, tout en vidant et écaillant les poissons, lui avait confié un jour qu'elle avait un master en communication mais qu'elle n'avait jamais été convoquée à un entretien d'embauche malgré les centaines de CV qu'elle envoyait régulièrement, qu'elle envisageait de prendre le nom de famille de son copain, un nom chrétien qui sonnait bien ; puis la caissière qui avait une longue chevelure lisse et noire, les yeux bridés, la voix brisée, rocailleuse, un fard à paupières vert fluo, qui appelait toutes les femmes « ma belle » et rappelait à Esha les films de Fellini, avec sa beauté à la fois grave et triste, chargée de secrets.

Dans son pays, elle avait l'habitude d'éviter les trous dans l'asphalte cabossé, les carrefours sans feu, le coin du marché où, le soir, les commerçants échangeaient avec les prostituées cigarettes et flacons d'alcool. Ici, dix ans de vie avaient suffi pour qu'elle connaisse les mots « salope, pétasse, pute » dans toutes les langues du monde. Les mots s'étaient libérés et tombaient en averse sur la ville, la perçaient et la fendaient. Il n'y avait plus de honte, la vie était divisée en deux, la maman était à la maison et les putains se trouvaient partout. Les travailleurs avaient franchi les frontières, s'étaient immiscés et dispersés dans la ville, tels d'innombrables escargots qui portaient sur leur dos le fardeau de l'Histoire, de leurs religions, de leurs cultes et de leurs rites, des coutumes de leurs villages et les souvenirs de leurs pays désertés. La trace baveuse de leur passage était leur seule revendication.

Esha revint chez elle par les petites rues parallèles, serpentines, à l'écart de l'avenue, longeant les immeubles gracieux de silence et d'ombre.

« Mais pourquoi tu ne rentres pas si la vie est si compliquée là-bas ? » Sa mère s'inquiétait pour elle. Le père d'Esha était mort quand elle était à peine adolescente, et sa mère n'avait plus qu'elle. « Le temps passe, et vite, d'ici dix ans, quand tu seras vieille, tu seras mieux ici, dans ton pays ! »

Esha reposa le téléphone sur la table basse, coupa le haut-parleur car sans elle pouvait tout de même entendre la voix de sa mère. Elle qui avait rejeté le pays, la langue, le lait, tout ce qui venait de sa mère, ne pouvait toutefois pas dénigrer cette dernière trace, cette voix fébrile, édentée, qui lui venait de loin, elle souhaitait qu'elle vieillisse, cette voix qui espérait qu'elles vieillissent ensemble, mère et fille, qu'elles effacent les années entre elles, qu'elle oublie tout le reste, son travail, ses amis, ses passions, la possibilité même d'un amour, sa vie entière, qu'elle renonce à sa nouvelle existence, à son nouveau pays, cette mère qui lui rappelait sans cesse comment elle était quand elle était petite, minuscule vie trébuchante à sa merci, cette mère qui repoussait violemment l'idée d'une autre mère patrie, Esha ne put étouffer sa voix, elle hocha la tête, se mordit les lèvres pour se retenir de crier.

Sa mère continuait à gémir, à argumenter. Esha rôdait dans l'appartement, le téléphone en main. De sa cuisine elle pouvait voir le cimetière.

Elle grinça des dents et, d'une voix glaçante, finit par dire à sa mère qu'elle ne pouvait pas rentrer à Calcutta car les hommes de Calcutta ne lui suffiraient pas. « Il s'agit d'une façon, maa, de vivre les choses…

– Quelles choses ? »

Sa mère ne voulait pas entendre ce qu'elle craignait d'entendre.

« Mais l'amour, voyons ! » Esha prononça alors les mots qui heurtaient les tympans de sa mère, la secouaient et l'exaspéraient, car ce qui excédait sa mère, c'était sa part féminine, sa vie au féminin, la présence soupçonnée d'hommes dans sa vie, leur allure et leur parole, leur beauté et leur fougue. D'une histoire à l'autre, d'une année sur l'autre, ceux-ci l'avaient éloignée de sa mère, de son existence antérieure, de son pays natal où les femmes ne couchent pas mais accouchent. Esha aimait les hommes pour se venger de sa mère et de son affection étouffante, pour la vaincre et la convaincre, Esha aimait parler de l'amour comme si elle brandissait un drapeau, un étendard, son corps nu était un message, un bras d'honneur à sa mère et la fin de la trêve.

Les étoiles de toutes les couleurs

La foule de la fin d'après-midi avait commencé à se lasser et se clairsemait dans le hall. Le petit monde qui déambulait dans le musée d'art contemporain dévisagea Esha comme si elle avait pénétré dans le rêve de quelqu'un d'autre. DiCaprio n'était pas là pour la sauver, la tirer par la main, la frapper sur la poitrine pour la réveiller.

L'exposition la surprenait par son apparent minimalisme, la salle lui semblait vide et blanche, les objets transparents. Il fallait s'approcher pour découvrir ces chefs-d'œuvre de la peinture gravés avec une incroyable virtuosité dans de la suie, à l'intérieur de verres à pied ou de meubles vitrines. Un musée miniature et éphémère. Entre deux vitrines était suspendue une camisole de force en ailes d'abeilles, une armure en cristal. L'artiste avait voulu inverser le jeu de pouvoir entre la matière et l'usage, entre la fragilité et la force. Au centre de la salle se trouvait par terre un tas de verres cassés et noircis, d'autres encore intacts, encore propres, éclatants sous la lumière. *Mon verre est brisé comme un éclat de rire* – les mots lui revinrent à l'esprit telle une évidence. Esha continua à errer parmi les objets posés çà et là, mais rien d'autre ne l'intéressa, elle ne put s'empêcher de retourner sans cesse devant la pile de verres cassés par terre, elle y voyait une tête blessée par un obus, le bandeau blanc, une fleur rouge sang.

Au moment où elle sortait de la salle, quelqu'un l'interpella de loin. Un des agents de sécurité s'avançait vers elle. « Tu vas bien ? » Esha ne comprit pas pourquoi cet agent la tutoyait. « Tu ne me reconnais pas ? » L'homme était grand, mince, sa tête et ses bras noirs contrastaient avec sa chemise de service blanche. « Je travaillais avec toi. Tu te souviens ? Là-bas, au bureau ? » Esha lui sourit. Il lui dit deux trois mots gentils, lui demanda si elle n'avait pas une carte de visite. Esha n'osa pas l'interroger sur comment et pourquoi il avait atterri ici, à faire le vigile, lui qui avait alors le même boulot qu'elle. À cette époque-là, deux ou trois ans auparavant, il cultivait son style « sapeur », élégant et dandy, il surprenait toujours ses collègues avec ses chemises, vestes, cravates, chapeaux, ses couleurs franches, gaies, vibrantes.

Esha le salua tandis qu'il s'éloignait d'elle pour répondre à son chef et aller surveiller les entrées et sorties des derniers visiteurs. La silhouette en noir et blanc lui parut si pauvre, si insignifiante, méconnaissable, fondue dans le groupe des vigiles, qu'elle fut peinée de penser qu'il s'agissait du même homme que celui qu'elle avait connu. C'était comme si la ville l'avait dépouillé, lessivé, broyé, réduit à une carcasse d'automate répondant à ses besoins, que personne ne remarquerait sauf s'il manquait à ses devoirs.

Avant de rentrer chez elle, à la lumière des réverbères, elle s'installa à la terrasse vitrée de son café préféré, commanda un café viennois et se plongea dans le livre qu'elle lisait ces jours-ci. Deux femmes massives prirent place à côté d'elle. Leurs robes sombres au décolleté carré frôlant leur peau dorée étaient quasi identiques, ainsi que le lissage de leurs cheveux, encore frisés à la racine. Les deux femmes parlaient énergiquement, même si Esha ne cherchait pas à les entendre, le vent du soir lui rapportait des bribes de leur conversation. L'une vendait la vertu du dieu, le seul, l'unique. Elles discutaient de la maladie, de l'infortune, des raisons de leur conversion religieuse. Elles n'étaient pas d'accord entre elles, mais elles étaient dévouées l'une à l'autre. C'est à cet instant qu'Esha remarqua ses voisins de droite. Deux hommes dans la quarantaine bavardaient, entre leurs verres de menthe à l'eau était posé un livre soigneusement relié de cuir vert avec un titre en lettres dorées. À l'évidence ce livre se lisait de droite à gauche, de la fin vers le début, ou alors l'idée du début et de la fin changeait d'une culture à une autre. L'homme qui était plus près d'elle avait des bras velus. L'autre était légèrement chauve. Ils parlaient aussi du dieu. Ils avaient l'air calmes, réfléchis, comme s'ils n'avaient aucun besoin de se convaincre mutuellement, ils ajoutaient paisiblement des pierres les unes aux autres pour décorer un édifice déjà monumental.

Petite fille, Esha incitait ses amis à voler les piécettes offertes aux icônes des dieux pour acheter des bonbons et autres douceurs. L'épicier reconnaissait bien sûr ces pièces tachetées de *sindoor* et de fleurs, embaumées d'encens et de santal, et au bout d'un moment il en avait eu assez de faire du commerce en privant les divinités de leur dû et avait alerté les familles. Esha avait échappé à la raclée grâce à son père qui avait éclaté de rire et lui avait accordé son premier argent de poche, avant de raconter fièrement l'incident à ses amis militants marxistes.

Les fragments d'un autre paysage peuplèrent sa tête, la remplirent d'une tendresse qui ressemblait au deuil. Lorsqu'elle était petite, elle voyageait avec son père et sa mère chaque année à travers l'Inde. Dès qu'ils traversaient la frontière du Bengale, la terre devenait aride, de plus en plus rougeâtre, le vent de plus en plus sec, la langue, plus rugueuse et plus sèche, les arbres devaient s'accrocher, absorber chaque goutte d'eau pour survivre, un puits isolé surgissait sur une étendue vide, un ruisseau dévalait des collines, une nouvelle langue se formait au rythme du train, s'étirait durant des kilomètres, les femmes remaniaient les tours de leurs saris, les hommes leurs turbans, le pain avait un autre goût, puis d'autres lignes, d'autres champs se dessinaient, au bord du Gange, sur les marches nombreuses qui descendaient dans l'eau, les pigeons s'envolaient, effrayés par les pas des pèlerins, les icônes des dieux et des déesses des temples changeaient de visage et de silhouette, la Forteresse rouge surgissait à l'ouest, des marchés s'étalaient autour des mosquées, dont les allées exhalaient un parfum d'épices, des rivières lentes et serpentines coulaient vers le sud en entrelaçant les arbres et disparaissaient dans la forêt bleue, tandis que les pêcheurs chantaient dans leurs barques. Esha ne se souvenait pas comment ils se comprenaient d'une région à l'autre, les mots se ressemblaient, se dispersaient et se rassemblaient. Du nord au sud, de l'est à l'ouest de ce pays lointain, vaste et complexe avec ses peuples divers, ses innombrables langues et rites, couleurs et saveurs, s'élevait une joyeuse cacophonie dont le rythme allégea le pas d'Esha alors qu'elle quittait le café, et des cris étourdissants lui montèrent à la tête.

L'aube laiteuse

Le député ne convoqua plus Mina, ni aucun autre chef du mouvement. Le temps n'était plus à la discussion autour d'une tasse de thé. Les paysans avaient organisé une résistance musclée face au projet d'industrialisation soutenu par un gouvernement porté au pouvoir, trente ans plus tôt, grâce à leurs votes, et qui avait rétabli leurs droits face à la tyrannie féodale des grands propriétaires terriens. Désormais, dans leur action menée contre les nouveaux moulins à vent, la faction maoïste les soutenait et les armait. Lorsque des rumeurs coururent, selon lesquelles le gouvernement enverrait les forces de police détruire leurs barricades, les paysans commencèrent à creuser la terre autour de la zone où ils s'étaient installés, à provoquer des effondrements pour couper l'accès à leur champ de bataille, l'isoler et repousser ceux qui tenteraient de l'envahir.

Mina continua à s'y rendre, rejoignant ses voisins, pères et fils, parlant avec les femmes, mères et épouses, tous ensemble munis de serpes, bambous et bâtons au milieu de ce nouvel îlot où bientôt l'odeur de l'argile serait infestée par celle de la poudre, où les jeunes caïds tireraient avec des carabines artisanales, tueraient des agents de police, se feraient tuer aussi.

Sam avait disparu. Il ne lui donnait plus de nouvelles. Mina ne pouvait plus aller le voir à Calcutta, elle se sentait piégée dans cet îlot entouré de fossés et de combattants armés, exsangues, qui pouvaient à peine tenir leurs carabines dans leurs bras maigres et secs. Un jour, alors qu'elle regagnait le village, deux hommes l'arrêtèrent, l'observèrent, d'abord son visage, puis son ventre. Mina ramena le bout de son étole sur elle, les salua en hochant légèrement la tête. « Ça ne pèse pas trop lourd ? On peut t'en débarrasser si tu veux !

– Pardon ? »

Mina prit peur. Personne ne savait qu'elle était enceinte, à part Sam, qui avait promis qu'il ferait tout pour arranger leur mariage, sans dire un mot sur sa grossesse évidemment, car ce serait une catastrophe que cela se sache, ils en avaient conscience tous les deux, non seulement ils n'auraient plus aucune chance de se marier, mais Mina et sa famille risqueraient de s'attirer les foudres des parents de Sam, du grand-père qui était encore en vie et qui, de sa chaise longue, distribuait ses ordres, contrôlait chaque graine qui entrait dans le grenier, on disait que même les vaches avaient peur de lui si elles ne remplissaient pas les seaux de traite.

Sans un mot, les deux hommes échangèrent un coup d'œil, puis éclatèrent de rire. Celui qui avait parlé reprit : « Écoute-moi bien ! Ouvre grand tes oreilles ! T'as dépassé les bornes. N'importe qui d'autre t'aurait enterrée vive avec le péché que tu portes en toi ! Aurait mis le feu chez toi ! Brûlé le sale visage que tu oses montrer encore en public ! »

Mina recula, tourna les talons et se mit à courir. Elle sentait leur regard sur sa nuque, une sensation de brûlure se propagea tout au long de son corps, dans son ventre, elle avait l'impression qu'il était en feu. Arrivée chez elle, Mina s'effondra sur son lit, près de la cuisine. Puis elle aperçut sa mère, assise par terre, les yeux remplis de mépris, de peur et de dégoût. Alarmée, elle se releva, voulut l'approcher, mais sa mère quitta la pièce, entra dans la chambre d'à côté et claqua la porte. Une violente dispute éclata entre ses parents. Après quoi, la porte s'ouvrit de nouveau, son père sortit. Il semblait tout petit, rabougri, vieilli d'un coup, tête baissée, il évitait de croiser le regard de sa fille, se taisait, jusqu'à ce que, au bout de plusieurs minutes, il murmure : « Pardonne-moi ma petite de te dire ça, mais tu vas devoir partir de la maison !

Comprends-nous, on n'a pas le choix, on a les mains liées, si tu restes ici, ils nous banniront, ton frère ne pourra pas travailler chez ces gens, nous ne pourrons pas sortir en public. » Son père s'arrêta un instant avant de poursuivre : « Il ne t'épousera pas, il ne t'aurait jamais épousée, il n'a même pas adressé la parole à ton frère quand je l'ai envoyé à son épicerie. »

Mina était abasourdie. Elle ne savait pas que tant de gens autour d'elle étaient au courant, qu'ils avaient parlé, agi, à son insu. Elle qui croyait avoir dirigé le mouvement, avoir dirigé Sam vers son désir, était, en fait, isolée, piégée.

Deux jours plus tard, juste avant l'affrontement entre les paysans et les forces de l'ordre, à l'aube, Mina se rendit au Grand Étang pour faire sa toilette quotidienne. Après une immersion rapide dans l'eau, elle remontait sur la rive, quand elle l'aperçut. Un homme, surgi de l'obscurité, se tenait là. D'abord il la fixa, puis il ouvrit la bouche en guise de sourire, ses dents blanches brillèrent sur sa peau noire, il ne dit rien. Mina regarda autour d'elle. Les arbres et les buissons étaient immobiles, la lumière laiteuse commençait à goutter dans la brume sans se presser. De derrière les arbres d'autres hommes surgirent, de plus en plus nombreux. Mina poussa un cri. Avant qu'elle ne referme la bouche, les hommes plongèrent dans l'eau.

Le château dans les airs

Ses amis d'enfance lui envoyèrent des dizaines de mails et de photos. Le gouvernement de gauche du Bengale occidental était tombé, le parti qui les avait abrités depuis leur naissance, tout au long de leur adolescence et de leur jeunesse, avait été déraciné, des émeutes éclataient, le paysage était en feu.

Quand Esha se décida à envoyer un message collectif sur le réseau social, elle découvrit la page d'accueil du réseau inondé de messages et d'images. Elle fut surprise par tant de réactions sur le destin dramatique d'une région indienne, avant de comprendre que les émeutes avaient eu lieu ici. Un rassemblement propalestinien interdit avait dégénéré. À la fin de la courte manifestation, des activistes s'étaient engouffrés dans la ville et confrontés aux forces de l'ordre, avaient renversé des poubelles, allumé des pétards et des fumigènes. Ils avaient incendié des voitures, pillé des magasins, saccagé des cabines téléphoniques et d'autres biens publics. Dans l'odeur âcre et grise de la fumée et du feu, ils avaient continué à lancer des bonbonnes de gaz et à hurler des menaces antisémites. Plus loin, la synagogue s'était barricadée. Devant son entrée, des jeunes armés de matraques et barres de fer étaient prêts à répliquer.

La guerre n'était plus ailleurs, loin, sur la bande de terre au bord de la mer. La guerre, ce n'était plus des images flottantes sur l'écran et dans l'espace virtuel. Elle était ici et maintenant, à quelques stations de métro.

Plusieurs semaines auparavant, à divers endroits du pays, des cimetières juifs avaient été profanés. Des dalles en pierre et en béton avaient été renversées, laissant apercevoir des gouffres béants. Qui étaient ces gens qui avaient besoin d'enfoncer leurs mains dans la terre noire, de caresser les larves, de réveiller les morts ? Qui étaient ces gens qui n'avaient pas le courage de montrer leurs visages aux vivants et s'en prenaient aux défunts ? N'étaient-ils plus en vie, eux-mêmes ? Les morts vivants, les parias, les fantômes rôdaient-ils ainsi aux alentours de la cité, dans le triste espoir d'exister ?

Esha se précipita pour allumer sa télévision et ne parvint plus à se détacher de l'écran. Comme si elle avait peur d'éteindre la télé, comme si la source des voix et des lumières, de la vie, était le seul moyen de ne pas se sentir seule, de rester liée au monde, comme si elle n'était plus en sécurité dans son appartement, dans son quartier sous la Tour lumineuse. Pour la première fois depuis son arrivée en Europe, dans ce pays où l'armée, la police, les agents secrets constituaient ensemble la force de l'une des cinq premières puissances du monde, elle avait l'impression qu'elle n'avait pas réussi à fuir les sources souterraines de la violence, que désormais le sol pouvait se fissurer et s'effondrer partout sur la terre.

Du ciel lait caillé filtrait une vague idée de lumière, derrière les branches nues et épineuses des arbres, dans la rue couraient des agents de la Gendarmerie nationale, ils ressemblaient aux soldats du Moyen Âge munis de heaume et de haubert, près du réverbère allumé, il faisait encore nuit. Esha demeura accroupie face à la télé comme devant un autel. Comme si par sa volonté les choses se transformeraient, les émeutes s'arrêteraient, seraient effacées et oubliées comme si elles n'avaient jamais existé.

Les émeutes au nom de la religion sur le sol d'Europe bouleversaient Esha non seulement par leur violence, mais aussi parce qu'elle croyait avoir laissé derrière elle un sous-continent entier ravagé par les émeutes communautaristes, les trains incendiés, les corps jetés vifs dans les flammes, les foules hystériques manifestant avec des tridents et des sabres, des drapeaux et des bandanas couleur safran. À présent elle vivait dans le pays des élus, des éclairés et des nantis. Elle n'aurait pas pensé que se déclarer athée était encore un tabou ici, que la chute de la croyance avait laissé la place à l'incroyance, laquelle n'était qu'une réaction passive et soumise, une désillusion, un désarroi, un vide. Elle n'aurait pas pensé qu'il existait encore beaucoup de gens dans ce pays qui croyaient qu'au-delà des nuages il y avait un barbu, deux, trois barbus, son fils, la mère et la pute, les mille deux cents vierges, toute une clique, et qu'ils allaient bientôt rétablir le pouvoir du plus grand, qu'ils allaient provoquer un bain de sang au nom de sa clémence et de sa magnanimité.

Devant ses yeux émergea une petite mosquée d'un seul étage, au mur blanc et au toit de tuiles, au bord d'un étang, au bord de la route où, rentrée de l'école, elle allait faire du vélo avec son amie d'enfance, traversant la banlieue de Calcutta. Il y avait là deux palmiers courbés l'un vers l'autre, son amie et elle s'asseyaient chacune sur l'un d'eux, elles restaient immobiles pendant des heures tandis que la prière du soir s'élevait dans la mosquée, elles ne pouvaient pas y entrer, elles n'en avaient pas envie non plus, la voix brisée, mélodieuse remplissait le ciel, traversait l'étang, traversait les rizières, se dissipait avec les dernières lueurs du crépuscule.

Ses amis compatriotes suivaient les événements comme un match de foot, détendus, avec des bouteilles de bière, pour voir qui gagnerait et à quel prix ; ils commentaient la naïveté et la maladresse des uns, leur intervention militaire injuste et suicidaire dans des pays en guerre, ils commentaient l'audace des affranchis. Esha était étonnée de leur sang-froid, de leur terrible détachement, ça faisait dix, quinze, vingt ans qu'ils vivaient en France, mais aucune racine n'avait poussé sous leurs pieds, ils étaient suspendus dans le vide, entre deux pays, entre deux continents, ils avaient construit leur vie, rempli leurs maisons de meubles, de voitures, d'enfants, de chiens, jonglé avec les crédits et les profits dans un monde parallèle, secret, souterrain, indifférents au bonheur et au malheur d'ici, mais leur indifférence n'avait rien de noble, rien d'ascétique, il lui semblait qu'ils n'étaient soucieux que de se cacher dans les trous de la ville, dans les creux du temps, et de survivre, comme les cafards.

C'est dans un de ces moments de désarroi qu'Esha reçut le message. D'un passé qu'elle croyait fossilisé, la pierre s'effrita et un mot resurgit à la surface. Elle se souvint alors de cette époque où l'amour ressemblait à *Comment je me suis disputé… (Ma vie sexuelle)* d'Arnaud Desplechin, elle se souvint de son Mathieu Amalric qui était un brillant tyran, qui pleurait en écoutant *The Flying Dutch-*

man de Wagner. Julien lui écrivait pour savoir si elle allait bien, si elle tenait bon et lui proposait de se revoir, mais Esha n'avait plus son énergie d'autrefois pour enchaîner les rires et les pleurs comme Emmanuelle Devos. Oscillant entre l'incrédulité et l'espoir, elle lui répondit pourtant, puis pour la première fois depuis les émeutes inspecta sa garde-robe, ses robes noires, rouges, roses, jaunes, aucune ne trouva grâce à ses yeux, rien n'était jamais assez bon pour lui… et elle décida d'aller faire du shopping dès que les choses se calmeraient. La nuit elle murmura son nom, elle avait oublié combien c'était agréable de le prononcer, de laisser la langue suspendue entre les dents et le palais, puis la voyelle s'étendre. Elle était tombée amoureuse de Julien dès le premier instant où son regard s'était posé sur lui, sept ans plus tôt, un jour où, sortie de son université, elle était arrivée à la Fontaine, elle avait évité une flaque d'eau et, parmi les touristes et les étudiants, s'était avancée vers une silhouette penchée sur un livre, Elle était déjà loin d'elle-même, prête à se fondre en lui. Tout son amour pour lui était monté en elle d'un coup et elle était restée hypnotisée, jusqu'à ce qu'il la déserte.

Mais ce n'était pas Julien, pas seulement, c'était une idée de Julien qui l'avait transportée, assoiffée et rendue hagarde toutes ces années. Comme on se fait une idée d'un pays. Un extrait choisi, des cartes postales personnelles, les pages arrachées d'un livre, des scènes de films, une place, un pont, trois après-midi, des façades et des balcons, des bacs à fleurs fuchsia, des nappes à petits carreaux blancs et rouges, le soleil qui se reflète sur une bouteille de vin, sur la peau, rend les yeux verts, bleus transparents, tout cela prend forme, dessine la carte d'un pays imaginaire, qui se détache du sol, devient de plus en plus grand et grandiose, vole comme un château dans les airs.

Le lit de sable

Sur le trottoir en bas de chez elle discutait le petit groupe habituel des jeunes stagiaires de la boîte de postproduction. Cinq ou six garçons et filles se tenaient devant la grande baie vitrée de leur bureau, leur « fumoir ». Au moment où Esha les dépassait, ils poussèrent des cris de cochon.

Esha sursauta et se retourna, à part le petit groupe il n'y avait personne dans la rue, pourtant ils semblaient impassibles et parlaient entre eux très paisiblement. L'air était immuable, les feuilles des arbres retenaient leur souffle, aucune mouche ne zozotait. Esha dévisagea les jeunes gens, entre vingt et vingt-cinq ans, ils étaient beaux et orgueilleux comme des princes, le soleil n'avait pas pu altérer leur blancheur, même s'ils sortaient régulièrement de leur salle climatisée pour profiter du beau temps.

Les racailles blanches, ces petites choses frêles et pâles, les filles et les garçons, ensemble ils fumaient gracieusement leurs cigarettes sur le trottoir, discutaient de cinéma, des actualités et de leur avenir, et lorsque leur regard se heurtait à l'unique passante à la peau sombre, ahuris, ils essayaient de résoudre le puzzle d'une telle aberration. De deviner où elle allait, d'où elle rentrait, ce qu'elle pouvait bien faire dans la vie, les filles inclinaient la tête, les yeux mi-clos et le sourcil levé, demandaient à leurs camarades s'ils la trouvaient belle, sur quoi, ces derniers les rassuraient aussitôt, disant qu'elle était trop noire pour qu'on considère la question. Ils marmonnaient des moqueries et des vulgarités, quand Esha se retournait ils détournaient le regard, certains ne parvenaient pas à se retenir et finissaient par glousser, les autres les calmaient et tous faisaient semblant d'être sourds et aveugles et continuaient à bavarder, très absorbés, puis dès qu'Esha reprenait son chemin, ils relançaient des commentaires en murmurant.

Ce pays était devenu un laboratoire géant où chaque être humain servait d'échantillon pour une étude anthropologique, soumis à un examen permanent de sa taille et de sa couleur, de la forme de son nez et de ses narines, de ses prunelles et de ses racines de cheveux, de ses hanches et de ses plantes de pied, mis à nu en public pour déterminer sa place dans la société. Les conditions de survie étaient déterminées par la quantité de mélanine dans le sang. Le monde était une pyramide dans laquelle on montait de l'obscurité des bas-fonds vers la lumière, vers la blancheur, vers la race meilleure.

Esha traversa la place. Le gérant de son café préféré la salua chaleureusement comme d'habitude. Elle oublia de lui faire un signe de la main pour indiquer qu'elle viendrait après avoir fait un tour dans le quartier. Elle se sentait tétanisée, dévalait la rue machinalement, terrorisée par la pensée que pour tant de gens le monde était en noir et blanc, que si on était noir, on était forcément du côté des porcs, à patauger ensemble dans la boue. Mais ces gens-là oubliaient que celui qui poussait le cri s'identifiait à la bête, qu'il se destinait lui-même à la porcherie, à la boue, à bouffer la merde.

Ses pas l'amenèrent à l'institut de beauté, toujours aussi actif. Les clientes patientaient dans la salle, feuilletaient des magazines, certaines d'entre elles avaient les pieds plongés dans des bacs, les jeunes femmes de l'institut soignaient leurs ongles, posaient du vernis, conversaient avec elles. Allongée en cabine, Esha soupira, commença à se sentir apaisée dans ce petit salon rose poudré, aux parfum de lavande et fond sonore qui imitait un ruisseau. La patronne à laquelle elle était restée fidèle depuis son arrivée dans le quartier, une femme douce et délicate comme elle en avait rarement vu, apparut, murmura un bonjour d'une voix presque inaudible, puis se tut. D'habitude elle parlait, prenait des nouvelles d'Esha. Au bout d'un moment Esha se décida à briser le silence. « Ça va ? »

La femme haussa les épaules. « On ne nous dit pas tout. Je ne crois pas à ces histoires ! On nous ment. Les médias nous mentent. Nos enfants, nos fils, on les connaît, ils ne sont pas comme ça, ce ne sont pas des assassins ! » Elle chuchotait de plus en plus énergiquement, postillonnant sur le visage d'Esha. Celle-ci regretta d'avoir lancé la conversation. Elle n'avait pas imaginé qu'un tel soupçon pouvait exister, que les gens pouvaient penser à des complots sordides. Elle ne dit rien, n'osa pas bouger, ses sourcils sous les doigts de la femme qui les maniait avec une pince et de la cire chaude. Elle sentit l'air s'alourdir sur son visage, le petit salon se transformait en une boîte de carton dans laquelle elle s'asphyxiait. Elle éprouva un sentiment de perte pour la première fois depuis les incidents, un regret profond et désagréable d'avoir perdu quelqu'un de proche et de cher.

En rentrant chez elle, Esha remarqua que l'épicerie casher de son quartier était de nouveau ouverte. Aucun bruit ne s'en échappait, on se serait cru dans un film muet. L'homme à la caisse aurait sans doute été très beau s'il n'avait pas été crispé d'angoisse. Aussi blanc que son pain, mince avec un visage osseux, de grands yeux bleus ombrés de longs cils noirs, et des lèvres gorgées de sang, il repoussa une large mèche noire sur son front et sourit à Esha, intrigué. Elle ne savait pas quoi acheter, elle ne connaissait pas ces plats, ces viandes, ces pains qui ressemblaient à des biscuits. Elle demanda l'avis du jeune homme, qui lui fit un assortiment de viandes, de feuilles de vigne, d'houmous, qu'il compléta d'une bouteille de vin blanc. Esha ajouta une bouteille de bière avec des inscriptions qu'elle ne savait lire. En payant, en prenant le sac rempli de ses provisions, en lui souriant, Esha se sentit heureuse, fière même, elle avait l'impression d'avoir accompli une bonne action, contribué à une bonne cause, pourquoi et comment, elle n'aurait pas su le dire.

Par la suite, Esha prit l'habitude de faire quelques achats dans cette épicerie. Les vendeurs chuchotaient entre eux, se donnaient des coups de coude, taquinaient leur jeune collègue, disant qu'elle venait ici pour lui, ce qui n'était pas tout à fait faux, son beau visage grave et son corps fluet l'attendrissaient, il lui rappelait le journal intime d'une jeune fille de treize ans, le chant des esclaves, qui faisaient jaillir en elle de l'empathie, de la compassion, un désir de devoir, un désir de sauver l'autre pour se sauver soi-même, elle avait la sensation de se placer du bon côté des choses, et pourtant elle ressentait une inexplicable tristesse, une envie pulsionnelle de se noyer, de ne pas voir la réalité, de quitter ce monde bas et étrange, d'aller vers les profondeurs, vers le lit de sable, en chute libre, sans résistance, de rester là pour toujours.

Autant en emporte le vent

C'était le soir. Toute la famille de Sam était rassemblée dans la cour autour des lampes halogènes. Les places centrales étaient réservées aux aînés de la gent masculine, le grand-père de Sam était installé dans sa chaise longue, Sam à son côté, son père et ses oncles étaient assis sur des chaises en bois, face au père de la future fiancée, confortablement vautré dans un fauteuil couvert de coussins. Derrière eux, installées sur des tabourets ou par terre, les femmes, mères et sœurs, tantes et cousines. Quelques amies et voisines trop curieuses s'étaient glissées parmi elles, qui ne manquaient pas de lancer des commentaires ou de glousser au bon moment. Les enfants n'avaient pas officiellement le droit d'assister à cette réunion, mais ils s'accrochaient à la balustrade de la véranda, guettant les sucreries et friandises offertes à la future belle-famille, chassant les moustiques et grattant impatiemment leurs jambes.

« On vous offre une bicyclette ! »

Le père de la future fiancée semblait très satisfait de sa propre générosité. Il caressa son ventre proéminent serré sous sa tunique blanche.

« J'veux pas de bicyclette ! Je veux une moto.

– Mais t'es tout maigre ! Tu ne pourras pas tenir une moto, petite allumette ! »

Sam boudait, tête baissée, creusant la terre de la cour avec ses orteils. Sa sœur rit bruyamment, rejointe par d'autres personnes. Son grand-père l'observait en silence.

« OK, on va couper la poire en deux. Ce sera un scooter, déclara finalement celui-ci.

– Tu t'envoleras avec le vent, mon grand ! »

Le père de Sam donna un coup de coude à son fils, qui finit par sourire. La jeune femme qui suscitait tout cet enthousiasme, tant sentimental que matériel, n'était pas là. Elle était chez elle, entourée des femmes de sa propre famille, mère et sœurs, tantes, copines, cousines, voisines, qui attendaient avec impatience le dénouement de cette réunion.

Après avoir accordé le cadeau d'enfant à l'enfant, après avoir conclu les fiançailles, les hommes commencèrent à discuter de choses sérieuses. Ils abordèrent la question du partage des terres et des fermes, des profits des commerces de chacun, tandis que les femmes des deux familles négociaient les bijoux en or et la quincaillerie.

La discussion s'arrêta brusquement lorsque le futur beau-père de Sam évoqua l'assassinat de la jeune femme qui avait eu lieu deux mois auparavant, une cousine dont la famille avait dû quitter le village de Tajpur depuis. Les parents de Sam se turent, le regard fuyant. Un soupçon de honte mêlé de peur entama soudain l'entrain joyeux suscité par l'argent et le bonheur conjugal. Le père de la fiancée les fixa en cachant un petit sourire. Il jugea le moment propice pour baisser le montant de la dot, se racla la gorge et reprit le marchandage avec énergie.

Les hommes s'enthousiasmèrent ensuite pour le nouveau gouvernement aux couleurs du Trinamool qui avait annulé le projet d'usine d'automobile. Que le site de construction ait été déplacé quelques kilomètres plus loin, plus au nord, chez d'autres paysans, ne les gênait guère. Le parti de droite avait renversé le gouvernement de gauche grâce au mouvement massif contre les projets d'industrialisation de ce type. Plusieurs artistes et écrivains célèbres indiens avaient soutenu ces actions contre la gauche. Une fois au pouvoir, le Trinamool avait épargné les zones sensibles et déplacé les implantations d'usines dans des localités où les terres agricoles étaient dispersées, et les paysans peu nombreux, faibles et désunis.

Sam put enfin quitter la réunion. Sa sœur lui ébouriffa les cheveux. Elle était son aînée et les fiançailles de Sam lui paraissaient de bon augure. Il y avait de fortes chances pour que dans cet engouement matrimonial, parmi tant de jeunes hommes autour de la belle-famille, on lui trouve un joli fiancé.

Sam marcha jusqu'au Grand Étang. Il jeta un regard vers sa maison, s'installa sur la dernière marche près de l'eau et alluma une cigarette. Le brouillard couvrait l'étang, une demi-lune faisait briller les feuillages alentour, les arbres semblaient diffuser une lumière laiteuse. Sam commença à écrire son nom sur la terre moite avec une brindille. Il dessina un cœur, puis se mit à écrire le nom de sa fiancée. Mais il s'arrêta aussitôt. Le vent du soir était soudain devenu glacial, et Sam fut enveloppé par une vague de brouillard humide. Il jeta sa cigarette et la brindille. Un parfum mêlé de lait, de bonbon, de talc pour bébé flotta dans l'air. Il n'aurait pas su dire s'il avait peur, s'il était triste, mais ses yeux se remplirent de larmes, et il pleura pendant longtemps, en silence.

Bleue comme une orange

Dans son mail Marie invitait Esha à participer à un rassemblement prévu la semaine suivante place de la République.

Esha savait vaguement que Marie était revenue à Paris depuis quelques semaines après un départ hâtif de Calcutta dont les circonstances restaient mystérieuses. La manifestation dénonçait la nouvelle collaboration entre le chef d'État indien et son homologue français. Fondamentaliste hindouiste, fanatique, criminel, auteur d'un génocide – le message était comme d'habitude moucheté de mots en gras. Des alliances se créaient entre les pays au gré de contrats commerciaux, entre les lignes s'inscrivaient des liens diplomatiques et politiques.

Esha avait beaucoup ri devant l'émission connue pour ses provocations humoristiques lorsque, au cours de celle-ci, on avait remarqué et commenté les bas de soie du chef d'État indien. Il était venu acheter des Rafale et avait vendu le yoga. Alors qu'il descendait les marches du palais, en tunique et pantalon couleur ivoire, ses mocassins avaient laissé apercevoir sa délicate lingerie féminine. Sans doute un conseil maladroit de ses proches qui ne voulaient pas l'encombrer avec des chaussettes épaisses.

Des années plus tôt la visite diplomatique du dictateur musulman accompagné de sa garde d'« amazones » avait fait scandale. Aujourd'hui, le dirigeant indien qui prêchait et pratiquait un fanatisme hindouiste totalement décomplexé et qui, assis sur le progrès économique de son pays lancé par son prédécesseur du parti de droite, déclarait construire une nation religieuse, faisait ouvertement fi de la laïcité telle que stipulée dans la Constitution indienne, sa venue en France ne posait aucun problème ni protocolaire ni éthique. On devait voir en lui un barrage contre les fanatiques islamistes, croyant que l'ennemi d'un ennemi deviendrait sans doute un ami. On oubliait qu'il était responsable du génocide des musulmans dans son pays, dans la région du Gujarat qu'il avait gouvernée pendant quelques années, on oubliait qu'il avait été refusé de visa par les États-Unis puisqu'il y avait une procédure pénale en cours contre lui, on oubliait aussi qu'il était membre du RSS, le parti dont un militant avait assassiné le Mahatma Gandhi. Mais le peuple qui avait élu au Parlement la coalition de ces partis religieux extrémistes semblait souffrir d'une amnésie partielle et ponctuelle et ici aussi on oubliait ce qu'il fallait oublier pour la négociation commerciale, pour s'inventer des liens internationaux diplomatiques afin de vaincre le Mal, comme si le Mal avait un seul visage.

Le dirigeant yogi visita d'autres pays européens après une croisière sur la Seine, et laissa des vagues derrière lui. Personne n'avait anticipé que bientôt sur la place publique de ce pays, des centaines de jeunes femmes et de jeunes hommes s'assiéraient par terre en position du lotus, habillés en tee-shirt safran, réincarneraient l'ère védique des rituels mystiques, que l'ignoble audace de croiser les armes de guerre et l'apaisement de l'âme fonctionnerait, que l'argent sale, taché de boue et de sang réussirait à prêcher la quête spirituelle. Personne ne se doutait que ce pays, la cinquième puissance du monde, se sentait à tel point vulnérable.

Esha rédigea un petit message rapide pour indiquer à Marie qu'elle participerait à leur manifestation.

Elle avait rendez-vous avec Julien. Fébrile à l'idée qu'il la verrait, après tant d'années, dans sa petite robe rouge près du corps et son manteau à imprimé léopard gris, elle avait dévalé les marches du perron, puis la rue, en évitant la bouche de la vie souterraine, elle était allée vers le chiffre 63 du bus. Passé les grues horizontales près de la Tour, le premier pont, la ville lui parut soudain éclose, généreuse avec le ciel, à droite déferlaient des vagues rutilantes sur la

Seine, à gauche se succédaient les demeures majestueuses – Esha redécouvrait la ville inondée d'une lumière d'hiver, le bus était entré dans une gigantesque orange, la perçait et la traversait, ses roues ne paraissaient pas toucher le sol. Elle allait vers le joyeux chaos des livres, films, tableaux, vers le foisonnement des idées, pensées, entrains, parmi les vieux professeurs et les jeunes étudiantes, les poètes princes et les journalistes naïades, les artistes, peintres, photographes, philosophes, thésards, libraires, lecteurs, fous et amoureux, du théâtre au palais sénatorial, dépassant les cafés, frôlant la vitrine des librairies, traversant la place de l'université, remontant la ruelle, enfin elle arriva devant le petit cinéma.

Julien était là, à l'entrée, la tête penchée sur un livre, duffle-coat sombre et chemise blanche aux minuscules pois noirs. Esha s'immobilisa un instant avant de traverser la rue, avant de l'approcher, avant qu'il ne relève la tête et pose son regard vert-gris vaguelette sur elle. L'espace de cet instant Esha eut l'illusion que tous les quartiers, tous les immeubles et tous les appartements qu'elle avait pu connaître dans cette ville n'étaient que la jungle à franchir pour atteindre ce lieu, que tous les chemins, toutes les voies n'étaient que des périphéries qui la ramenaient infailliblement ici, au cœur de l'orange. La terre alors de nouveau bleue recommença à tourner, à respirer lentement, en cette fin d'hiver.

L'effet d'un iceberg

Esha renonça finalement à se joindre au rassemblement.

Quelques semaines plus tard elle proposa à Marie de la rencontrer avec l'idée de s'excuser de vive voix. Elle chercha des alibis mais rien ne lui parut convaincant, ni son rhume dû à la première pluie du printemps, ni son épuisement quotidien à la sortie du lycée.

Marie avait une bande d'amis à Paris qui la soutenaient, la comprenaient, l'accompagnaient énergiquement dans toutes ses actions, formaient un cercle soudé dont Esha ne faisait pas, ne ferait jamais partie. Pourtant elle revenait régulièrement vers Marie, avec un besoin inexplicable de se retrouver devant un vieux miroir tacheté, fêlé, avec l'illusion d'y reconnaître vaguement son reflet.

Au téléphone Marie lui avait annoncé qu'elle allait repartir bientôt à Calcutta. Elle comptait y louer un logement, y rester tant qu'elle n'obtiendrait pas d'informations sur ses parents. Esha lui avait donné rendez-vous dans un café de son quartier.

Elle était en vacances scolaires. Julien ne lui avait pas fait signe depuis quelque temps. Il devait sûrement voyager à l'étranger pour donner une série de conférences. Son absence ne l'affolait pas, elle avait juste beaucoup de temps libre et était déterminée à en profiter. L'époque était révolue où il lui écrivait presque tous les jours pour lui confier ses pensées, ses lectures, ses errances et ses moments de contemplation devant le crépuscule sur une plage ou devant la dernière exposition du palais de Tokyo, et où le matin Esha, à peine éveillée, ouvrait fiévreusement sa boîte mail, pétrifiée de peur à l'idée de ne pas recevoir un message de lui.

Les temps avaient changé. Les années s'étaient posées entre eux comme des feuilles de papier bulle, qui les avaient enveloppés et protégés l'un de l'autre. Aucun des deux n'avait envie d'être blessé. « La question n'est plus combien je t'aime mais comment je t'aime. Je ne t'aimerai plus comme avant, et c'est une bonne chose. » Julien l'avait regardée, incrédule, allongé sur le lit à la fin de leur soirée de retrouvailles, comme s'il la regardait pour la première fois, comme s'il n'en revenait pas que tout soit resté exactement là où il l'avait délaissé. Il reconnaissait le corps, mais les paroles le déroutaient. Il ne la croyait pas, mais n'avait pas non plus envie de la croire. Il avait haussé les épaules, « Si tu le dis… ».

Ils s'étaient alors entendus sur ce nouveau rythme, cette liberté joyeuse où il n'était plus question de souffrir, ils pouvaient se disperser ailleurs, partout, avec qui ils voulaient, pouvaient se raconter leurs exploits, se retrouver aussi, quand ils voulaient. Esha avait enfin réussi à maîtriser les règles du jeu, à déchiffrer les codes pour entrer, après dix ans, dans la cour princière de cette ville d'Europe.

Distraite par ses pensées, Esha erra dans les rues, oublia qu'elle était en retard à son rendez-vous avec Marie. Au milieu d'un carrefour, devant des restaurants et cafés silencieux, des boutiques de vêtements et de chaussures climatisées, elle s'arrêta brusquement. Elle en avait soudain assez de ces façades en pierre, de ces dômes couleur émeraude, de ces grandes portes noires en fer, de ces gens aussi figés que les pierres, qui s'effritaient et s'effondraient comme des soldats de sable tout au long de son passage.

Arrivée au café elle balaya la salle du regard, puis la terrasse. Marie n'était pas là. Alors qu'elle s'installait et commandait un verre de blanc, elle reçut un texto de sa part. Elle fit une petite moue en lisant le message. Marie ne viendrait pas, retenue par son association qui soutenait ces jours-ci des familles menacées d'être expulsées de France. Certaines avaient déjà été chassées de leur domicile. Depuis un mois, ces familles et leurs nombreux enfants en bas âge étaient à la rue. Marie et ses camarades militaient pour leur trouver un hébergement d'urgence qui permettrait à ces enfants de continuer leur scolarité.

Esha secoua la tête, puis se leva pour prendre un des journaux posés sur le comptoir.

Une photo à la cinquième page attira son regard. Celle du chef d'État indien accompagné de l'actrice aux yeux verts et au teint laiteux, tous deux en position du lotus sur un tapis rouge et épais, aux motifs complexes. Le décor était doré, les fauteuils, tables, cadres, miroirs, statuettes, plantes formaient une scène mythologique dans un château fastueux, grâce à des moyens ultramodernes.

Esha eut un frisson dans le dos. Elle craignait que Marie n'ait annulé leur rendez-vous pour suivre en douce le chef d'État indien durant son voyage dans d'autres villes d'Europe, avec une idée noire en tête. Son militantisme pour défendre la cause des enfants de familles expulsées lui semblait une ruse, une raison trop sage pour être crédible. Ses combats réels étaient sans doute ailleurs. Ce qu'elle savait de Marie et surtout ce qu'elle n'en savait pas lui faisait toujours l'effet d'un iceberg, elle la croyait capable d'agir en cachette, de monter des alliances radicales en vue de ses idéaux politiques, elle la croyait capable de patienter dans l'eau secrète avant de provoquer le naufrage.

Les serpents et les échelles

On aurait dit une tentative d'évasion. Les jeunes hommes escaladaient les murs d'un immeuble de trois ou quatre étages où leurs amies passaient un examen de fin d'études. Accrochés aux briques rouges, la peau écorchée, étourdis sous le soleil impitoyable de ce pays tropical, suspendus en grappes devant chaque fenêtre, ils leur tendaient les réponses à travers les barreaux. Petites fourmis cramponnées à la fournaise, ils montraient un étrange sens de solidarité. Cette image d'une tricherie inédite lors d'un concours national en Inde circula pendant des semaines dans les médias et sur les réseaux sociaux.

Dans la salle des professeurs, les collègues d'Esha voulurent connaître son avis. C'était une incroyable métaphore de l'ambition de ces jeunes hommes et femmes, de leur tentative de changer leur destin, escalader le mur pour grimper dans l'échelle sociale. Durant les cours, les élèves aussi évoquèrent le sujet. À un moment, une fille lança : « Mais dans votre pays, les femmes se rasent la tête et vendent leurs cheveux, non ? »

Esha évita le débat stérile, annonça le sujet du jour et démarra la projection d'un court-métrage documentaire.

En plein milieu du film, la déléguée de la classe, Svetlana, une jeune black qui portait haut et fort le désir blanc de ses parents, s'exclama : « Mais, madame, elle était juive ? » Plusieurs filles sursautèrent.

« Oui. Et alors ? » Esha mit le film sur pause et observa la classe.

Le regard malicieux et complice de Svetlana, Amina, Tiffany et quelques autres ne la rassura qu'à moitié.

« Mais les juifs ne touchent pas à l'électricité, le vendredi. Et celle-là, elle porte des fringues larges parce que les juifs ne portent pas de fringues serrées. » Amina égrenait ses commentaires très calmement. Ses camarades acquiescèrent.

« On va éviter les généralités peut-être ? Les juifs sont comme ça, les Arabes sont comme ci, les Indiens comme cela…

– Mais vous dites qu'on ne parlera pas des juifs, et là, on en parle encore !

– Je n'ai pas dit qu'on ne parlerait pas des juifs, j'ai dit qu'on ne ferait pas de généralités, ni sur les juifs, ni sur qui que ce soit. »

Sa voix fut alors couverte par les hurlements des filles. Svetlana se leva d'un bond.

« Mais vous êtes prof ? Vous faites quoi là ? C'est du lavage de cerveau. » Elle tendit son cou, son corps entier vers Esha, ses yeux noirs étaient pleins de rage. « Ce n'est pas vous qui décidez ! Vous êtes *étrangère* ! Moi, je suis née ici. Je suis d'ici moi. » Elle continua à vociférer en gesticulant, emportée par une véhémence incontrôlable, les autres élèves se mirent à crier.

À la fin du cours, Esha reçut un appel du proviseur qui lui dit très sèchement qu'il ne pouvait pas tolérer ces conflits quotidiens, qu'il ne pouvait pas virer toute l'école pour elle. Esha se sentit acculée. Pour la première fois elle comprit d'où venait cette énergie chez ces filles. Elle comprit que, dans ce lycée, les élèves, les professeurs, la direction, les surveillants et les équipes pédagogiques formaient un clan uni et soudé qui la considérait comme l'élément étranger et nocif.

Le soir, elle dînait avec Julien et ne put s'empêcher d'en parler. Il ne posait jamais de questions formatées, telles que « Comment s'est passée ta journée ? », il l'interrogeait sur le fond, dans l'absolu, ce n'étaient pas les détails de la réalité, mais la réalité en tant que concept global qui l'intéressait. Elle lui raconta l'incident du lycée, d'un ton de plus en plus énervé, car elle sentait poindre sa désapprobation.

Il finit par piquer une de ces colères dont elle ne le croyait pas capable. Il l'accusa de faire des raccourcis dangereux, de prêcher l'autorité absolue qui l'horrifiait, de tenir un discours de facho. Ces mots la mirent hors d'elle, elle perdait son dernier allié, elle perdait non seulement son soutien mais aussi son estime, cela la rendit folle, elle crut qu'il était de son devoir de passer un savon à toute la gauche, à tous les artistes et intellectuels qui se vantaient d'avoir été des cancres, elle les traita de criminels, les accusa d'avoir abandonné le peuple à son désert intellectuel, puis elle se leva brusquement et commença à tourner en rond dans la pièce.

Un sentiment d'injustice mêlé de honte l'envahit. Elle ne comprenait pas, elle non plus, pourquoi elle se battait avec tant d'acharnement pour l'avenir de ces élèves qui n'étaient, qui ne seraient jamais les siens. Quel ordre social essayait-elle de mettre en place ? Mais c'était trop tard, elle ne pouvait plus se taire, ne pouvait plus étancher sa colère. Elle remplit un verre d'eau, en but un peu, puis le tendit vers Julien.

Il le refusa d'un geste de la main. Il était tellement furieux qu'il ne pouvait plus parler. Le langage familier d'Esha l'horripilait, l'attristait même, lui pour qui la parole était sacrée, soignée, profonde. En un éclair il eut l'impression qu'Esha ressemblait à ceux qu'elle condamnait si énergiquement. Il détourna le regard vers la fenêtre.

« Tu représentes tout ce que j'abhorre.

– Explique-moi ce que je représente ?

– L'autorité, c'est la position conservatrice. Je suis pour l'encouragement à la liberté, à l'insoumission. C'est très simple.

– C'est très simple ? Tu veux voir la liberté ? »

Esha attrapa le verre, puis le lâcha. Il tomba par terre et se cassa dans un petit tintement absorbé par le tapis et le cri de Julien. « Mais tu es complètement dingue !

– Tu vois, la gravitation ! La liberté absolue n'existe pas. Tout est relatif. Les mots ne sont pas solitaires, ils représentent une réalité, prends conscience de cette réalité, mets les mots dans leur contexte.

– Je ne peux plus parler avec toi ! Je refuse de discuter avec quelqu'un qui refuse même le logos. »

Julien se chaussa, faillit claquer la porte, Esha courut s'interposer entre le verrou et lui. Son visage était tout rouge, ses yeux immenses, ou peut-être que soudain ses joues pas rasées paraissaient si fatiguées, si creuses qu'il n'y restait que ce regard vague, dérouté, humide. Esha l'enlaça et le couvrit de baisers. Sa peau était chaude comme s'il avait de la fièvre. Elle releva la tête, Julien pleurait, elle l'embrassa encore. « Pardonne-moi ! Julien ! Je te demande pardon ! Je suis bête. Je le reconnais. »

Ils restèrent enlacés devant la porte.

Puis s'affaissèrent dans le canapé, épuisés, se tenant par la main, sans oser se regarder. Ils mangèrent ensuite, et le goût du cumin, curcuma, persil, coriandre, gingembre, lait de coco les apaisa. Esha avait envie de se gifler. Elle ne se pardonnait pas d'avoir gâché la soirée, d'avoir blessé l'homme qu'elle aimait tant et de le voir revenir à elle grâce à ces petits plats, ces parfums et saveurs si insignifiants, si éphémères, alors que le socle de leur relation lui semblait démoli.

Du ventre de la baleine bleue

La première fois, Esha ne fut pas alertée. C'était dans le grand hall du centre commercial, en annexe de la gare-araignée de Châtelet aux multiples tunnels. Elle était surchargée de sacs de vêtements et de chaussures, et son bonheur était entaché de culpabilité. Là, entourée de vitres de tous les côtés comme dans un gigantesque aquarium, Esha fut interpellée par un homme, qui l'était depuis peu, sa barbe fine et ses pommettes osseuses démentant sa soudaine assurance. Il se lécha les lèvres et demanda à Esha s'il pouvait lui parler. Celle-ci le regarda, amusée, cela lui rappelait les jours où les hommes l'interpellaient non pas encore par hargne obscure, mais par pure admiration. Une soumission instantanée et éphémère. Il était vraiment jeune, beaucoup trop jeune pour elle. Très maigre, il nageait dans son pantalon et sa chemise, tirait nerveusement sur la bandoulière de son sac kaki. Il lui demanda ce qu'elle faisait dans la vie. Depuis quand elle était en France. Esha lui répondit et lui retourna les mêmes questions. Il sourit et fit remarquer qu'il était né ici. Puis il regarda Esha droit dans les yeux et lui déclara qu'il n'avait pas de problème avec les gens comme elle qui gagnaient honnêtement leur vie ici.

« Pardon ? » Esha écarquilla les yeux. La conversation ne lui paraissait plus du tout relever de la séduction.

Le jeune homme, l'air d'un adolescent un peu arrogant, voulant grandir plus vite que la nature ne le lui permettait, continua à fixer Esha très calmement et dit : « Nous ne cherchons pas d'histoires avec les gens, à partir du moment où ils comprennent et respectent les lois de notre pays et ne dépassent pas les limites.

– Je rêve ou vous êtes en train de me prêcher les vertus d'un parti politique que je déteste ? »

Le jeune homme sourit largement cette fois-ci. « Ne rejetez pas ce parti sans connaître son programme, ni son idéologie ! Il y a beaucoup de malentendus, ce n'est plus comme autrefois, le parti a beaucoup changé, évolué. »

Esha s'éloigna vite de ce type. Il la poursuivit. « Je voudrais discuter avec vous. On peut discuter, non ? C'est très intéressant, vous ne trouvez pas ?

– Si vous continuez à me suivre je vais crier ! »

Le jeune homme était interloqué. On aurait dit un

élève malmené dans la cour d'école, il tremblait comme une branche maigre et sèche.

Esha se précipita vers le quai du métro. L'espace d'un instant, elle ne comprit pas ce qui venait de se passer, ni qui était ce jeune homme, s'il agissait seul pour compenser une solitude molle, prenant la gare pour une salle d'entraînement, ou s'il démarchait pour le compte du parti dont on parlait de plus en plus, dont le visage n'était plus scandaleusement odieux, comparable à celui d'un bouledogue aux aboiements violents, mais d'une blondeur lisse, musclée certes, et néanmoins plus amène, plus sournoise, carrossée comme une sage-femme perverse. Peut-être faisait-il partie du groupe qui prônait un nouveau printemps pour le pays, à coups de poing contre les gays, une guerre contre le gouvernement actuel et ses alliés, qui allait au Salon du Livre de la ville à l'heure de la fermeture, repérait les éditeurs juifs et déclenchait une bagarre. Ou encore de cet autre groupe qui tabassait systématiquement les féministes brandissant leurs seins nus comme une banderole, comme un slogan, comme une arme.

Esha pensa à Christophe Richard. L'homme l'avait recontactée et avait repris ses habitudes téléphoniques. Il s'enquiérait de ses nouvelles, voulait connaître ses projets, savoir si elle recevait chez elle des amis du Bangladesh, s'ils dormaient chez elle. Esha avait baissé les bras, elle ne cherchait plus à dissoudre les malentendus, elle avait pris conscience que la notion de l'Autre était opaque pour beaucoup de gens, l'être étranger demeurait une énigme, ses gestes, paroles, pensées, sa vie et ses intentions étaient une source d'angoisse et d'effroi. Seuls les mensonges résistaient à la stupeur. Esha craignit d'avoir été fichée quelque part, dans un cahier noir, et mal notée. Elle ne croyait plus à ce que lui avait dit M. Richard, elle avait compris depuis un moment qu'elle n'était pas là pour l'aider à chasser mais à être chassée elle-même. Quelqu'un l'observait de loin, de haut, comme un poisson rouge dans un bocal.

Ce fut l'incident suivant qui alerta Esha.

Elle attendait le métro pour aller voir une amie. Le quai était bondé, les usagers quotidiens exaspérés, les touristes extasiés, aiguillés par la Tour, par sa lumière. Esha ouvrit son magazine puisque le train tardait à arriver. Un homme se pencha vers elle et lui demanda ce qu'elle lisait. Surprise, elle ferma le magazine et le lui montra, l'homme put lire le titre du dossier. Quadragénaire, musclé, crâne rasé, son tee-shirt incolore et sa veste en faux cuir dégageaient une odeur d'alcool, de sueur, de saleté. Son visage était rouge d'ivresse et d'excitation, Esha ne sut pas le décrire par la suite, les yeux, le nez, la bouche, rien n'était identifiable, singulier, il ressemblait à des milliers de visages, flous et brouillés comme son esprit. Il tendit sa canette de bière vers Esha et lui demanda « Vous êtes demandeuse d'asile ? »

Esha se sentit tellement vexée qu'elle ne répondit pas. Elle tourna la tête, essaya de s'éloigner.

L'homme insista : « Dites-moi, ça m'intéresse, ces demandeurs d'asile ! Vous en êtes une, non ? »

Croyant pouvoir s'en débarrasser ainsi, Esha finit par dire : « Non, je n'en suis pas une. Je suis prof. D'anglais. Dans un lycée.

– Ouais et moi, je suis le baron de Rothschild. Je me les fous au cul, tes cours d'anglais. »

Esha ne put s'empêcher de rétorquer : « Ça se voit que vous êtes habitué à vous mettre des choses dans le cul. »

L'homme tangua, se redressa et cria : « Je les connais, les salopes dans ton genre ! Ça va changer, crois-moi ! »

Esha regretta d'avoir perdu son sang-froid, c'était une erreur. Rien ne pouvait ulcérer davantage un malade souffrant de toutes sortes de phobies qu'une association à l'objet de sa phobie. Elle se propulsa en avant, au milieu de la foule et monta dans le métro. Le wagon fut bondé en un instant, Esha se trouvait devant la porte, encore ouverte, et l'homme resurgit en face d'elle, sur le quai, vociférant un flot de menaces et d'insultes, une variation violente de revendications, soupçons, moqueries, avertissements à Esha et à sa famille sur quatorze générations.

Le train démarra. L'homme ne monta pas dedans. Frappa sur la porte jusqu'à ce que le wagon s'éloigne. Les passagers se taisaient. Pétrifiée, Esha cherchait à comprendre d'où pouvait venir cette incroyable audace, cette force féroce, combien de gens étaient devenus ainsi désormais, décomplexés, culottés, affranchis, quelle frontière avaient-ils franchie, quel territoire regagnaient-ils ? Elle se souvint alors de ce film de Béla Tarr où, du ventre de la baleine bleue, sortaient des hommes, des malfrats, des bandits, des hommes de main, qui semaient la terreur dans la ville, qui dans l'obscurité et la brume de l'aube tabassaient et tuaient les gens à coups de batte de base-ball et de hockey.

Esha rentra tard, ce soir-là. Elle voulait repousser d'elle autant que possible l'heure où l'incident s'était produit, s'éloigner de l'endroit où l'éruption de violence avait eu lieu. En pénétrant dans son appartement, dans le noir, elle eut subitement très peur. L'homme n'était pas monté dans le train. Il était venu vers elle sans hésitation, parmi la foule sur le quai, il l'avait choisie, elle, infailliblement, puis il était resté là, dans ce quartier. Il avait l'air d'un travailleur plutôt que d'un habitant. Peut-être était-ce un hasard, mais peut-être la connaissait-il, l'avait-il repérée depuis un moment.

Esha alluma la lumière du salon. La fenêtre était grande

ouverte. Elle ne se souvenait pas de l'avoir laissée ainsi au moment de sortir de chez elle. C'était un oubli très inhabituel. Cela ne lui plut pas. Elle traversa le salon pour aller aux toilettes et aperçut alors quelques gouttes sur le parquet, rouges, irrégulières, éparpillées. Elle se figea, tandis que son cœur courait dans sa cage thoracique comme un chien paniqué. L'aile d'immeuble en face était noire, aucun appartement n'était éclairé. Elle hésita, puis avança quand même. Sous ses pas tremblants, dans le vent soudain de la nuit, les gouttes de sang s'agitèrent, puis quelques-unes s'envolèrent. Esha n'en croyait pas ses yeux. En s'approchant davantage elle comprit que c'étaient des pétales tombés du bac à fleurs de ses voisins d'au-dessus. Elle s'affaissa par terre. Quelques petits pétales rouges voltigèrent encore un peu, d'autres demeurèrent collés au sol, minuscules beautés, dans le noir, dans le froid.

La pierre tombale

À Tajpur, la confrontation entre la police et les manifestants avait duré quelques jours, le peuple était choqué par la brutalité et la violence avec lesquelles la police et les militants du parti communiste au pouvoir avaient évacué les frondeurs. Marie et ses camarades maoïstes avaient décidé de se disperser, de se fondre dans la foule venue de tous les coins du Bengale. De la campagne ils étaient montés à Calcutta, avaient dissimulé le peu d'armes qui leur restaient, la plupart des paysans avaient été arrêtés avec leurs carabines, le jour de l'affrontement final. Ce jour-là nul ne savait s'ils combattaient pour sauver leurs champs ou réclamer justice, suite au meurtre de Mina Bepari. La découverte du corps de la jeune femme à moitié brûlé, calciné, enterré près du site du projet automobile, avait ému tout le Bengale. Durant des semaines et des mois des images avaient circulé dans les médias, certains accusaient les militants du parti communiste d'avoir commis ce crime ; les opposants de droite et toutes les factions soutenues à la fois par le parti hindouiste et par les maoïstes, tous criaient le même slogan, appelaient à faire tomber ce gouvernement. Marie et ses camarades avaient ressenti le tremblement à travers la région, tous les courants de l'opposition avaient trouvé une force nouvelle qui allait démolir et incendier le siège du pouvoir. Peu avant les élections elle avait quitté la région du Bengale pour rentrer à Paris.

Marie hésitait à raconter ses cauchemars. Elle regarda les gens autour d'elle dans le café, en cette fin d'après-midi certains buvaient du vin ou de la bière, d'autres mangeaient une salade ou une omelette, la rue commerçante d'en face était animée, derrière les immeubles on apercevait la Tour, il faisait de plus en plus chaud, on annonçait la canicule, Esha avait un nouveau rendez-vous avec Julien ce week-end, un sourire enfantin illuminait son visage.

Marie hésita encore un instant, puis lui confia ses nuits hantées par Mina, par le souffle lourd de son corps invisible. Elle arborait un minuscule tatouage, trois petits points en triangle, sur son menton, les paysannes en Inde, les fermières et les ouvrières dessinaient ce genre de signe sur leur peau. Un totem carré en acier était accroché serré à son cou, quand Marie souriait, sa petite boucle de nez en argent frissonnait légèrement. Elle croisa les bras. C'était étonnant de voir tant de force physique couronnée d'un visage si doux, si serein. Son teint d'argile s'obscurcissait en été, d'autant qu'elle ne se ménageait aucunement, ne faisait aucun chichi, comme si elle bravait le soleil et le vent, à défaut de se jeter dans le tourbillon de grands mouvements politiques, comme si ces épreuves physiques dans cette ville d'Europe, son rejet de tout confort compensaient son désir d'exploits héroïques.

« Tu m'as dit qu'on ne savait pas ce qui s'était passé exactement ! Qu'on ne savait pas qui l'avait assassinée !

– Ce n'est pas difficile à deviner, ni de comprendre à qui a servi son meurtre. »

Esha balaya le café du regard. Rien ni personne n'arrêta son attention. Tout semblait tourner rond, paisiblement, ici. Sur les réseaux sociaux, elle avait lu une dizaine d'articles à propos du meurtre de la jeune militante au Bengale. Certains disaient que c'était une femme de petite vertu ; que la famille du jeune homme dont elle était enceinte était prête à se venger de la disgrâce qu'elle lui avait infligée ; que sa propre famille avait tenu des propos incohérents et avait disparu du Bengale peu après son meurtre. D'autres disaient qu'elle était devenue une voix de la protestation contre l'industrialisation et l'éviction des paysans de cette zone, qu'elle militait contre le pacte conclu entre le groupe multinational et les propriétaires terriens. Cette nouvelle bourgeoisie avait quitté depuis longtemps la campagne, vivait dans la mégapole de Calcutta, leurs enfants étudiaient et travaillaient à l'étranger, ils se payaient des séjours luxueux dans les villes d'Europe. Les récoltes de ces terres, les pauvres sacs de riz et de légumes leur importaient peu. Ils voulaient faire fortune grâce à cette transaction internationale.

Marie but son café. Regarda Esha en attendant sa réaction.

Esha ne dit rien. Elle était d'accord avec Marie, même si ce meurtre macabre ne la bouleversait pas tant que ça. Elle pensa à lui relater les incidents qui avaient eu lieu dans la station, puis sur le quai de métro. Mais elle ressentait une sorte de honte d'avoir été agressée en public par des mots aussi vulgaires, elle se tut, ne voulut pas remuer la boue.

Elle était plutôt surprise que Marie aille chercher son champ de bataille si loin, alors que tant de terrains étaient de plus en plus minés ici, à Paris, en France. Il suffisait juste de quitter son quartier, son périmètre de sécurité, il suffisait de prendre le train, de traverser la ligne rouge de la périphérie, de franchir le mur invisible, et on arrivait dans des zones inconnues, sur des terres étrangères où d'autres lois, d'autres codes sociaux et moraux s'imposaient. Les portes autour de la ville n'étaient pas des accès pour y entrer ou en sortir, elles étaient les derniers avertissements pour que chacun reste de son côté, ne les franchisse pas, ne s'aventure pas à défier les lois tacites. Les gens rôdaient. Les choses basculaient souvent dans la virulence, la violence. Il n'y avait plus de frontière entre l'espace intime et l'espace public, la peau était arrachée, les gens pouvaient cracher, chier, gueuler, tabasser partout et à tout moment.

Esha n'osa pas dire à Marie, comme elle n'osait pas le dire à sa mère, ni même se l'avouer, qu'elle ne comprenait plus le sens de la liberté dans cette ville occidentale. Le corps de la Femme, ici ou ailleurs, voilé ou dévoilé, suscitait toujours autant de véhémence. Quelques centimètres de tissu, ici c'était trop, ailleurs, pas assez.

Elle continua à écouter Marie, mais tout cela lui paraissait si loin, exigeait d'elle un tel effort pour qu'elle reconnaisse l'évolution, le nouvel ordre des choses dans son pays natal ! Elle avait encore le souvenir des jours simples, des militants bons samaritains. C'était triste et étonnant de voir comment ce qui était une vision était devenu un dogme, comment ce qui était l'arme de la libération était devenu le nouvel outil d'oppression, comment les hommes croyaient pouvoir figer le temps, figer le pays, comme une pierre tombale.

Les abeilles dans la tête

C'était la fin de la canicule. La ville s'était de nouveau apaisée. Dans le métro on n'entendait plus les alertes ni les conseils d'hydratation. Certains regrettaient déjà l'achat hâtif de leur ventilateur. Les matinées étaient longues et fraîches, la température grimpait juste pour chauffer les pots de fleurs, tandis que les gens déjeunaient à l'abri des stores des terrasses couleurs corail ou à rayures marine. Les vacanciers étaient de retour, d'autres repartaient pour profiter encore de l'été.

Esha avait été invitée à passer quelques jours dans la maison de campagne de Julien. Il n'y était pas seul, quatre ou cinq de ses amis s'y étaient déjà installés, ils préparaient ensemble un nouveau livre. Une femme grande et mince, brune à la coupe garçonne, était venue la chercher à la gare. « Je suis sortie faire des courses, Julien est très occupé par son nouveau bouquin, il bosse dur… » Quand elle sourit, ses yeux devinrent encore plus clairs.

La maison était au bout d'un sentier en pente, les volets des fenêtres, d'un bleu délavé par les pluies de plusieurs années, étaient grands ouverts, sous les arbres une table rectangulaire en bois massif avait les pieds plantés dans l'herbe, Julien s'y trouvait avec trois amis, la tête plongée dans les papiers, livres et ordinateurs portables. Ils formaient une bande joyeuse, homogène, unie. Du matin au soir, tous habillés en jean et tee-shirt noir, cheveux courts ébouriffés, cigarettes et canettes de bière à la main, ces hommes et ces femmes étaient engagés dans de vives discussions, ils rappelaient à Esha ses camarades militants de sa ville natale. Elle se sentit d'une singularité maladroite avec sa robe légère en chiffon fleuri. Durant les trois jours de son séjour, elle ne sortit pas de sa valise ses autres robes et jupes, porta un short en jean et une blouse blanche, ce qui plut beaucoup à Julien. Il lui consacra autant de temps qu'il put, entre les longues matinées de travail et les dîners tout aussi longs, le soir, dans le jardin. Esha nageait dans la piscine dont le bord se confondait avec l'horizon, un après-midi Julien la rejoignit et ils chassèrent ensemble les abeilles qui envahissaient le bassin, l'astuce était de les attraper avec l'épuisette, puis de les noyer. La veille de son départ, Julien la prit sur la table sous les arbres, les voix de leurs amis et le tintement des verres dans la cuisine à côté se mêlaient au bourdonnement des grillons dans les buissons, cela amusa Esha de penser que les lignes et les cercles du vieux bois resteraient tatoués sur sa peau pendant les quelques heures de son trajet de retour.

En sortant de la gare elle se précipita vers la file des taxis. Un homme l'aborda. « Hello, tâxchi ? Want tâxchi ? » Esha lui répondit qu'elle parlait français. « Ben je peux pas savoir ! », l'homme la reluqua, un peu embarrassé, un peu méfiant. « Ben voyons, faut pas juger les gens sur leur tête ! » Malgré la fatigue du voyage, Esha se sentit soudain hilare. L'homme leva la main nonchalamment, « Vous savez quoi, prenez l'un d'eux, celui que vous voulez ». Il était visiblement dépassé, mais l'espace d'un instant seulement, en s'installant dans le taxi Esha le vit s'adresser joyeusement à un couple, deux grands Blancs, chapeautés et encombrés de bagages : « Hello, tâxchi ? Want tâxchi ? »

On n'aura jamais la tête qu'il faut pour être de ce pays, pour parler sa langue, on ne la parlera jamais suffisamment bien, on n'aura jamais l'accent légitime. La Tour de la Langue est dressée, les étrangers volent et voltigent autour, viennent y picorer, y laissent de petites fientes, mais ils ne pourront jamais y installer leur nid. Le droit de la langue est tout aussi dur que le droit du sol, en plus abstrait et plus flou, on ne peut en connaître la carte et le territoire. Désormais l'usage était de désigner Untel par sa confession, tel autre par sa communauté ou son origine, ou on ne sait quelle souche, branche, racine… Il fallait absolument aller à la source des choses, remonter les échelles, réinventer Darwin, fouiller les poubelles et chercher l'erreur. Des catégories et des sous-catégories, des boîtes dans des boîtes, un emballage sans fin, tandis que cartons et plastiques polluaient les plages où s'échouaient des corps de noyés sans identité.

Le chauffeur n'avait pas compris la destination. Esha la répéta. Le jeune homme la regarda dans le rétroviseur, répéta lui-même le nom du lieu et, incrédule, lui demanda si c'était vraiment là qu'elle voulait aller. Après avoir prononcé trois quatre fois le nom du lieu, de cette place dans le quartier ouest de la ville, près de l'Arc, près de la Tour, le chauffeur démarra en marmonnant quelque chose d'inaudible. Esha remarqua que, contrairement à nombre de ses confrères, celui-ci n'essaya pas de savoir si elle était mariée, si elle avait des enfants, depuis combien de temps elle vivait en France et pourquoi elle y vivait. Il resta silencieux.

De même, lorsque Esha lui demanda s'il acceptait la carte bancaire. Était-il agacé ou ne l'avait-il pas entendue ? La musique était à fond, la voix merveilleusement brisée du chanteur ondulait au rythme du zarb. Esha se pencha vers le siège du chauffeur et reposa sa question. « Articulez bien ! On ne comprend pas quand vous parlez. » Esha se mordit les lèvres, retint son souffle un instant, puis répondit vivement : « Coupez votre musique d'abord, vous saurez si on me comprend ou pas. » La conversation devint de plus en plus véhémente, jusqu'à ce que, subitement, sans qu'Esha sache pourquoi, le chauffeur se calme net, bredouille des mots d'excuse et continue à rouler tout en hochant la tête au rythme d'une musique imaginaire.

En regardant filer les voitures et les bus, les motos, les façades des immeubles chauffés à blanc, leurs balcons étroits couverts de pots de géraniums, Esha se souvint d'un autre chauffeur, un vieux monsieur qui visiblement aimait se montrer courtois et manier les mots pompeux. Il parlait des jeunes, non pas des jeunes femmes, ça allait de soi, mais des jeunes hommes, « Nos fils », il disait qu'il les comprenait. C'était quelques jours après un incendie criminel dans la banlieue nord de Paris. Le vieux chauffeur devenait de plus en plus éloquent, croyant avoir affaire à une oreille captive, « Ils iront au paradis, madame ! Ce sont des martyrs. Je les comprends. Je ne les soutiens pas, mais je les comprends. Ils sacrifient leur vie à Dieu. » À l'époque Esha n'avait pas su à quoi faisait allusion ce chauffeur, supposément père de tous les jeunes hommes de son quartier et même d'ailleurs, ni ce que ceux-ci préparaient. Ils préparaient alors quelque chose ! Et il ne s'agissait pas simplement de bouteilles en feu lancées dans les usines vides d'une zone périphérique, il était question d'autres missions qui les emmèneraient au paradis, dans leur paradis.

Esha regarda en douce le jeune chauffeur qui avait remis sa musique mais en baissant le volume. Elle était étonnée de son calme soudain. Qui sait s'il était rassasié, comblé par quelque chose, ou s'il préférait faire profil bas et se préparer en cachette pour les assauts finals.

La mère aux abois

Marie s'était de nouveau éclipsée des réseaux sociaux où d'habitude elle mettait des photos de ses errances dans la ville tropicale, faisait signe à ses amis. Esha devinait quand même que du nord au sud, de l'est à l'ouest de Calcutta, elle continuait à chercher un vieux dossier, des noms de gens et de rues. Les maisons et les magasins, les arbres et les lampadaires se ressemblaient, se répétaient à l'infini. En regardant un volet vert, un rideau qui tremblait au vent du soir, en apercevant un couple âgé devant un thé dans leur salon, Marie s'inventait une histoire où elle aurait pu avoir sa part, se glisser entre les jours, du village à la ville, traverser les années, bercée par l'affection de ses vrais parents, connaître le goût d'un amour aveugle, inconscient, inconditionnel.

Puis un jour, alors qu'Esha n'y pensait plus, Marie lui écrivit une longue lettre, ou plutôt un long monologue. Parmi les bribes de ses pensées, bouleversées par la colère et l'espoir, Esha repéra quelques informations concrètes.

La Mission de la Mère avait gardé son coffre de secrets fermé. Non seulement personne ne lui répondait jamais, ni par courrier ni au téléphone, mais on refusait catégoriquement de la recevoir. Marie s'y était pourtant hasardée, obstinée, un après-midi où le soleil illuminait le large portrait de la Mère, le verre du cadre reflétait les rayons aveuglant tous ceux qui la regardaient. À travers la porte elle avait aperçu un grand dortoir où les gens se reposaient sur des matelas posés par terre, à peine plus épais que les saris bleus qui les couvraient en guise de draps. De vieux ventilateurs d'un jaune sale pendaient du plafond aux poutres apparentes. Sur les rebords des fenêtres, des bocaux de confitures et d'épices tiédissaient lentement dans la fin du jour. Un autre portrait de la Mère de la même taille était accroché au mur et observait d'en haut les réfugiés.

Marie avait patienté dans une petite salle où les sœurs s'affairaient en ignorant sa présence. Le temps passait au rythme d'une horloge à quartz dernier cri. Lorsqu'elles virent qu'elle ne bougeait pas, les sœurs commencèrent à se montrer hostiles. Certaines claquèrent la porte, d'autres reposèrent bruyamment leurs dossiers, faisant tournoyer la poussière dans l'air. Sous le voile de leur sari blanc bordé de lignes bleues, leur regard semblait menaçant. Toutefois certaines d'entre elles ne pouvaient pas dissimuler un désarroi teinté de compassion. Marie avait l'impression qu'elles avaient peur, elles aussi, d'une autorité invisible.

« Je vais prier pour vous, ma fille ! » avait enfin prononcé une sœur, quinquagénaire, raide et sèche, en tripotant la croix sur sa poitrine. Derrière ses lunettes à monture noire, ses yeux avaient fixé Marie jusqu'à ce qu'elle se lève et s'approche de la sortie. Parvenue à la porte, Marie s'était arrêtée, avait tourné la tête et dit calmement : « Pas la peine de prier pour moi. Je ne crois pas à ces foutaises. »

En lisant cela, Esha éclata de rire. Puis aussitôt la tristesse l'accabla. Autour d'elle, ses étagères formaient une masse d'ombre, le blanc des murs virait au jaune, une fissure courait au plafond. Elle essaya d'imaginer la petite chambre que Marie louait auprès de ses amis à Calcutta, ses jeans et ses tee-shirts à message, décolorés, ses baskets fatiguées, les tas de tissus locaux et d'objets décoratifs artisanaux, empilés sur le petit lit et par terre, que les amis de Marie revendaient à un prix élevé à des commerçants, en Europe, où les imprimés folks, tribaux, aztèques, orientaux, kashmiris, rajasthanis, tie & dye du tiers-monde revenaient toujours à la mode.

Dans sa lettre Marie avait parlé de l'année où elle avait quitté la maison de ses parents adoptifs ; comment l'atmosphère de cet endroit l'étouffait, l'odeur du sable et de l'eau suintait des pierres, remplissait ses narines, ses poumons, l'empêchait de respirer. Sans cesse elle tombait malade, ne supportait plus la moindre nourriture, légumes, viandes, pâtes, sauces, fromages et desserts, tout ce qu'elle aimait manger mettait à mal son corps, son estomac rejetait tout. La pluie du printemps lui brisait la voix, remplissait sa gorge de glaires, le vent lui brûlait les yeux, elle ne pouvait plus les ouvrir, le soir elle mettait des lunettes de soleil qui faisaient jaser. Pourtant elle était entourée de gens qui l'aimaient, avec lesquels elle allait voir des films, signait des pétitions, marchait dans les manifestations. Mais elle avait l'air de plus en plus sombre, comme souillée par le vent, brûlée par le soleil. Son corps robuste était rongé par une fatigue étrange, de plus en plus poreux, elle ne pouvait plus se tenir debout. Elle avait compris qu'elle devait partir avant que l'air de Paris ne lui empoisonne les poumons entiers. Elle avait rejeté la ville, ou c'était la ville qui l'avait rejetée, elle ne le savait pas. Elle reconnaissait seulement qu'elle avait retrouvé le goût de vivre, qu'elle s'était retrouvée elle-même en se jetant dans le vide, en atterrissant à Calcutta, dans cette ville chaotique, sale, noire de poussière et de fumée, où elle avait de nouveau ri à gorge déployée, à poumons ouverts, où elle respirait, enfin.

Esha eut envie d'écrire à Marie, mais sa main ne bougea pas. Ses doigts restèrent figés sur le clavier. Elle avait l'impression que toutes ces années et tous ces chemins que Marie avait parcourus n'avaient pas pour objectif de réparer l'oubli originel mais d'oublier la vie telle qu'elle l'avait connue. Une force impulsive l'avait propulsée droit devant, dans le vide. Il lui avait fallu une cause pour donner un sens à ses errances, pour qu'elle coure, assoiffée, vers un espace vierge qui s'enfonçait de plus en plus dans l'inconnu, le lieu de sa naissance où les gens avaient des noms, où elle pourrait reconnaître leurs visages, leurs voix et leur amour.

Ce soir-là, Esha vit Marie dans cet appartement modeste de Calcutta, où de vieux fauteuils et chaises pataugeaient dans une lumière lugubre, la famille de ses amis rassemblée devant l'autel des dieux et des déesses pour la prière du soir, le tintement mélancolique des petites cloches qui remplissait l'air du salon.

Elle se sentit soudain seule. Un autre appartement, un autre soir, d'autres nuits surgirent derrière ses paupières, mais la lumière n'y avait plus de chaleur, il ne s'en échappait aucun bruit, aucun son, aucun souffle. Elle se rendit compte que, ni ici ni là-bas, elle n'arrivait à rire, à respirer, à se sentir vivante, et qu'elle lévitait dans un mouvement aveugle, chutait dans le vide, sans terre ni ciel.

Elle s'éloigna de son ordinateur, sans voir que Marie avait repéré qu'elle était connectée et lui faisait à présent signe pour discuter avec elle. Sans voir qu'à travers les mers et les océans, à travers les frontières, c'était vers elle que Marie revenait sans cesse, mais cela n'avait pas de sens.

Fight club

Le temps s'était rafraîchi. Il se mit à pleuvoir, le ciel resta jaune pendant l'averse. Puis il plut encore les jours suivants, tout devint gris, doux et molletonné, le vent et les arbres, les nuages et les maisons.

Esha sortit de chez Julien après avoir passé l'après-midi avec lui.

Leurs rendez-vous lui rappelaient constamment combien elle était folle de lui autrefois et désormais atteinte d'une sobriété immuable. Protégée par une bulle de verre, elle voyait Julien s'enthousiasmer, s'amouracher même, elle l'observait, immobile, rien ne tremblait en elle, aucune panique, aucune peur de perdre Julien, de perdre ces moments, ne la rongeait. Tout était incroyablement silencieux, calme, vide. Leurs baisers étaient parfaits, leurs étreintes synchronisées, ils étaient les maîtres en la matière, ils se quittaient rassasiés, de bonne humeur, en échangeant des petites blagues. Quand ils ne se voyaient pas, Julien ne lui manquait pas. Parfois les fragments de leurs jours anciens défilaient devant ses yeux comme les scènes d'un film qu'elle aurait vu il y a longtemps, dont elle aurait oublié le titre et l'histoire, qui aurait perdu la lumière, la musique, la raison même d'être là. Elle avait l'impression que leurs rendez-vous étaient une forme d'adieu, puisqu'ils n'arrivaient pas à se détacher, ils prolongeaient le moment du départ.

L'immeuble de Julien se trouvait à l'angle du grand parc dans le quartier sud de Paris. Le vent frais, humide lui donna la chair de poule. Elle boutonna jusqu'au cou son manteau d'été. Il commença à bruiner. Elle ouvrit son parapluie. Sous le globe transparent, dans son manteau aux fleurs sauvages rouges roses vertes ocre, elle ressemblait à la serre ambulante d'une plante exotique.

À peine commença-t-elle à descendre les marches du métro que son manteau s'accrocha à quelque chose. Sans tourner la tête, elle tira dessus pour le libérer et continua à descendre. Quand son manteau s'accrocha de nouveau, elle se retourna et vit deux jeunes femmes juste derrière elle qui éclatèrent de rire. L'une d'elles piétina le bout du manteau. Exaspérée, Esha se dégagea, secoua la tête et poursuivit son chemin. Les jeunes femmes la dépassèrent en la bousculant, grandes et musclées, déesses sculptées de granit noir, elles se retournèrent sur elle et rirent encore.

« Ça va pas non ?

– T'as un problème ? »

L'une des deux revint sur ses pas, se planta devant Esha. L'autre les regardait un peu en retrait, un peu amusée.

« Vous avez marché exprès sur mon manteau, regardez, vous l'avez sali, vous m'avez bousculée ensuite, et maintenant vous me demandez si j'ai un problème ? »

La fille lui jeta un œil mauvais, puis lui cria : « T'avais qu'à mettre un manteau cheap ! Si tu tiens à ton manteau, fallait pas le laisser traîner par terre !

– Mais c'est vous qui avez marché dessus ! »

L'autre fille s'approcha, essayant de calmer sa camarade.

« Laisse, laisse tomber ! Elle est conne, tu vois bien !

– Non mais je rêve ! Elle se prend pour qui ? Tu veux voir ce que je peux te faire ? »

Elle devenait soudain menaçante.

Pas vraiment surprise, juste agacée d'être entraînée dans un échange si bête, Esha regarda autour d'elle, espérant tomber sur quelqu'un qui interviendrait. Il n'y avait personne près du métro en cette fin d'août. Elle ne dit plus rien et essaya de contourner la fille pour continuer de descendre les marches. Celle-ci lui bloqua le passage et remua ses sourcils. L'autre fille éclata de rire. « T'es folle ! Laisse-la !

– Je te dis que je n'aime pas sa tête ! Et t'as vu comment elle parle ! »

Elle imita sa voix, son accent, en roulant les « r », puis éclata de rire, elle aussi.

Esha fit demi-tour. Remonta les marches. Elle décida de traverser la rue et de prendre l'autre entrée. Mais les filles la poursuivirent. L'une plus déterminée que l'autre. Alors, Esha ne traversa pas la rue. Elle entra dans la galerie marchande qui se trouvait à gauche, sous les arcades. La plupart des commerces étaient fermés. Elle entra dans le magasin de presse. Un vieux couple y tenait la caisse. Elle choisit deux magazines féminins au hasard, les paya, puis en regardant à travers la porte vitrée elle aperçut encore les filles. On aurait dit qu'elles l'attendaient à la sortie. Esha expliqua au couple à la caisse que deux jeunes femmes la poursuivaient.

« Des femmes ? Vous êtes poursuivie par des femmes ? Eh ben, ça alors ! s'exclama l'épouse.

– Agressée, agressée, mouais… Il faut aller à la police, madame, si vous êtes agressée, on est des commerçants, nous, on ne peut rien faire », intervint le mari.

Esha sortit du magasin et se dirigea vers les filles dans l'espoir de les raisonner. Mais comme elles se remettaient à crier, elle les laissa et continua son chemin sous les arcades. Il faisait noir, la ville était engloutie par les nuages gros de pluie, l'opticien d'en face avait la lumière allumée. Juste au moment où elle s'apprêtait à repartir vers la rue et le métro, les filles coururent vers elle, leurs pas résonnaient sur les dalles en béton du passage, ces filles qui avaient été abandonnées trop longtemps au-delà de la ligne rouge, au-delà de la périphérie, franchissaient désormais les barrières, défonçaient les portes, elles réclamaient et revendiquaient, comme leurs frères, cousins, copains, leur part de vie oubliée et étouffée depuis trop longtemps. Esha se figea, pétrifiée, sachant ce qui allait se passer, vivant l'acte avant même qu'il ne se produise comme si elle l'avait programmé. Ce qu'elle anticipait et ce qui lui arriva devinrent un seul mouvement, une seule vague d'un corps massif emporté par la furie. La meneuse lui donna une énorme gifle sur l'œil gauche. Esha ouvrit la bouche pour crier, mais la honte étouffa sa voix, et la fille lui envoya un autre coup au visage, Esha perdit l'équilibre, son sac cartable tomba de sa main, son corps vacilla, elle empoigna la parka kaki empestée d'un parfum sirupeux de la jeune femme qui se dégagea en flanquant un coup de pied à son sac par terre, l'autre fille le piétina, puis se pencha pour en arracher les papiers, le portefeuille, le titre de séjour, le récépissé de sa demande de naturalisation, quelques billets et pièces de monnaie, des timbres et photos de ses parents défraîchies. Elles firent voltiger tous ces objets, en déchirèrent quelques-uns, puis partirent en courant, en riant, en poussant des cris de victoire.

La folie des grandeurs

Sa joue la brûlait. Elle posa sa main sur son visage, sur son œil gauche, appuya dessus et sentit sa prunelle bouger sous sa paume. Les policiers apparaissaient dans la salle d'accueil, repartaient dans le couloir. La chaise en plastique était trop rigide. Le temps d'attente lui semblait interminable. Esha avait envie de s'allonger, de se recouvrir de plusieurs couches molletonnées, d'enfoncer sa tête et ses pieds dans des coussins et des oreillers mous, chauds, sans forme. Elle avait envie de boire du lait, d'en remplir son corps, de se noyer dans une marée de lait.

« Ma collègue vous appellera, c'est elle qui prendra votre plainte. » L'agent de police la dévisagea longuement. « Ça va ? »

Esha enleva la main de son visage et la reposa sur son sac, puis hocha la tête. Elle évita de croiser le regard de l'agent qui était désormais penché vers elle. « Vous me dites si vous avez besoin de quelque chose ! Je suis là. »

Il caressa les favoris et la fine barbe qui modelaient son beau visage. La lumière du plafonnier fit briller ses boucles d'oreilles argentées.

Esha décida de ne pas porter plainte. Elle se leva et s'approcha de la porte, attrapa la poignée, sentit la fraîcheur du métal sous ses doigts, puis l'ouvrit. Sortie du commissariat, sous les arcades, elle respira un bon coup. Le vent du soir ébouriffa ses cheveux. Elle descendit dans la rue, n'attendit pas le bus, ne héla pas de taxi et rentra à pied chez elle.

Elle pensa à ce jeune Irlandais qui avait échappé à ses origines miséreuses et escaladé la haute société des Anglais, il était devenu lord en séduisant une lady, puis avait tout foutu en l'air. Ce film la bouleversait à chaque fois qu'elle le regardait, surtout la dernière scène où l'on voyait l'homme de dos, jambe amputée, monter dans un carrosse, appuyé sur ses béquilles.

Effondrée sur le tapis de son appartement, Esha se dit que le monde ne supportait pas les Barry Lyndon ni les Julien Sorel, il ne leur pardonnait pas leur audace et finissait par les briser, les broyer, les écraser en miettes, les ramener dans la poussière et la boue auxquelles ils appartenaient. Elle se dit qu'il ne fallait pas oser, qu'il ne fallait pas rester ici, insister et persévérer. Il fallait garder les premiers automnes, les lueurs de la ville, les sourires et les regards venus de loin, il fallait rester étranger parmi les étrangers, il ne fallait pas descendre dans le ventre de la baleine, dans les entrailles et la carcasse de la ville.

Elle se leva, se servit un verre de blanc, pressa le verre contre sa tempe, en sentit la fraîcheur, puis but une gorgée. Elle ouvrit la fenêtre. L'immeuble d'en face était allumé çà et là. Le rideau de la nuit était transparent de lumières jaunes, orange, rouges, violettes, la ville s'animait derrière les maisons, derrière le cimetière, le ciel tournoyait comme des volutes de fumée tandis que le sabre au laser de la Tour le coupait en morceaux. Esha continua à boire, accoudée au parapet en fer forgé de sa fenêtre.

Elle songea qu'il lui faudrait la même allure que tant d'autres, mêmes peau, cheveux, taille, corpulence, qu'elle devrait mettre des habits qui cachent le corps, des habits noirs, gris, incolores, inodores, prototypes multiples pour devenir un clone parmi les clones, se fondre dans la foule, fondre son corps dans le tas des corps, perdre les contours, effacer la chair, être entassée, empilée, dépouillée, être annihilée. Il lui faudrait tuer ces abeilles qui, en guise de mots, bourdonnaient dans sa tête, l'accompagnaient à chaque pas, la suivaient, voltigeaient autour de son visage, les gens s'en rendaient compte, ils voyaient que même si elle était seule, les mots écumaient de sa bouche, débordaient de sa tête, que son regard était absent, qu'elle divaguait, adressait la parole aux autres, les écoutait, mais qu'elle n'était plus là.

Son verre était vide. Esha en fixa le fond et se dit qu'il restait un cercle, un monde parallèle où les chemins se confondaient, les frontières s'effaçaient, où les gens vivaient libres et passionnément. Elle pensa à la maison de campagne de Julien, à ses amis, qui passaient leur vie à lire, écrire, créer ensemble. Elle regarda les immeubles tout autour, leurs balcons et leurs bacs de fleurs, les plantes grimpantes qui couvraient gracieusement les murs, les lumières tamisées qui éclairaient à peine leur intimité. Elle se dit qu'il existait sans doute quelque part une harmonie entre ces gens, entre leurs murs, entre leurs boucher, boulanger, gardien, voisins, il existait sans doute des codes pour survivre dans son espace à soi sans devoir défoncer les cloisons des autres, pour respirer et regarder le monde sans être obligé de recevoir un coup de poing en pleine figure, et que ces règles lui avaient échappé, qu'elle avait vécu dans cette ville sans la comprendre, en jouant maladroitement, obstinément avec ses cartes postales jaunies et moisies qui racontaient une autre ville, une autre vie, un autre temps. Elle avait l'impression qu'elle avait aimé cette ville d'un amour aveugle, gauche et égoïste ; qu'elle avait refusé la réalité dans une génuflexion enfantine.

Elle pensa aux chanteurs, cinéastes, journalistes et vedettes télé qui semblaient explorer le monde, à la rencontre des autres civilisations, sans que leurs pieds reposent sur la terre, aucune poussière, aucune boue ne salissait leur entrain ni leur amour pour l'humanité. Elle savait qu'ils vivaient quelque part dans cette ville, dans une serre de plantes exotiques, beaux, épanouis, heureux, loin de la foule frénétique des métros et RER, de leurs couloirs interminables où les souris s'enfuyaient dans les fentes de peur d'être écrasées, où l'odeur de l'urine tapissait les poumons de nuages jaunes, loin des gares, supérettes, immeubles, bars-tabacs grouillants comme des nids de guêpes, où les mots coulaient comme de l'acide, où les gens étaient prêts à agresser, violer, tabasser, à lancer des bouteilles en feu, à casser des vitres, des voitures, la gueule des autres.

Elle se versa encore du blanc et sentit soudain l'énergie inonder son corps. Elle éteignit toutes les lampes de son appartement et alluma partout des bougies parfumées, mit ses écouteurs, le volume à fond, et cria elle aussi « Stella chériiiiie », elle aussi voulait partir, voyager dans la galaxie, vers les étoiles mourantes.

Elle continua à boire, à crier et à onduler sur la musique. Les bougies dégoulinaient, difformes, les flammes étaient de plus en plus grosses, mais Esha ne le vit pas. Elle arracha les écouteurs de ses oreilles. Se pencha sur le parapet. Elle se dit qu'elle mettrait une perruque blonde, coupée au carré, ondulée, une mèche sur le front, puis elle se ferait allonger les jambes par un douloureux processus médical, en portant des cages en métal, elle ferait changer son sang, remplirait ses veines d'une coulée neuve, les sachets resteraient à sa portée dans le frigo, elle verserait de l'acide sur son corps et blanchirait sa peau, se crèverait les yeux, verrait le monde en bleu, vert, gris, noisette, à travers les vitres colorées des prunelles précieuses.

L'immeuble entier était désormais obscur et silencieux. Le passage était désert et l'air immobile, aucun parfum ne montait des plantes grimpantes sur le mur. Une seule pièce restait éveillée, comme une hutte de sorcière, et dans cette immobilité, une bougie allumée depuis trop longtemps devint vindicative, sa large langue attrapa un bout de tissu. Esha ne vit pas que le rideau avait pris feu, que les flammes se précipitaient vers le haut et dévoraient le velours rouge. Elle ne sentit pas l'odeur de la fumée, ne perçut pas la chaleur près de ses jambes, près de sa bibliothèque où les livres luisaient de plus en plus. Elle demeura debout à sa fenêtre, la tête penchée au-delà du parapet, tandis que le sabre au laser de la Tour continuait à couper la ville en deux, en trois, en mille morceaux.

Table

RÉALISATION : NORD COMPO À VILLENEUVE-D'ASCQ
IMPRESSION : NORMANDIE ROTO IMPRESSION S.A.S. À LONRAI
DÉPÔT LÉGAL : JANVIER 2017. N° 0998 (1604612)
– *Imprimé en France* –